CRONIQUEI...
E AGORA?

Silvio Luiz Carrara

CRONIQUEI...
E AGORA? 2

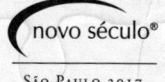

São Paulo 2017

Croniquei... e agora? 2
Copyright © 2017 by Silvio Luiz Carrara
Copyright © 2017 by Novo Século Editora Ltda.

COORDENAÇÃO EDITORIAL
Vitor Donofrio

EDITORIAL
João Paulo Putini
Nair Ferraz
Rebeca Lacerda

PREPARAÇÃO
Fernanda Guerriero Antunes

DIAGRAMAÇÃO
Rebeca Lacerda

REVISÃO
Vânia Valente

CAPA
Nair ferraz

PROJETO GRÁFICO
Abreu's System

Texto de acordo com as normas do Novo Acordo Ortográfico da Língua Portuguesa (1990), em vigor desde 1º de janeiro de 2009.

Dados Internacionais de Catalogação na Publicação (CIP)

Carrara, Silvio Luiz
Croniquei – e agora? 2 / Silvio Luiz Carrara. – Barueri, SP :
Novo Século Editora, 2017.

1. Crônicas brasileiras I. Título.

17-1169 CDD-869.8

Índices para catálogo sistemático:
1. Crônicas : Literatura brasileira 869.8

NOVO SÉCULO EDITORA LTDA.
Alameda Araguaia, 2190 – Bloco A – 11º andar – Conjunto 1111
CEP 06455-000 – Alphaville Industrial, Barueri – SP – Brasil
Tel.: (11) 3699-7107 | Fax: (11) 3699-7323
www.novoseculo.com.br | atendimento@novoseculo.com.br

novo século®

DEDICATÓRIA

A meu pai Carlos Carrara (*in memorian*), que admiro como trabalhador e como um ser humano honesto e inteligente. Cumpriu sua missão com dignidade.

AGRADECIMENTOS

À minha mãe Bruna, à minha irmã Izabel, ao meu filho Leonardo e aos queridos sobrinhos. Amo a todos.

Em especial, agradeço a Wellen Resende.

Aos mestres, padres e doutores.

Ao querido amigo, Elias Awad, meu padrinho e grande incentivador, que, de uma bondade e coração magnos, presenteia-me novamente com este lindo prefácio.

Agradeço a Nilda e Luiz Vasconcelos, André Maciel, Nair Ferraz, Renata de Mello e a toda a equipe do maravilhoso Grupo Novo Século.

Todos são parte desta obra. Muito obrigado!

O GOSTO POR CONTAR HISTÓRIAS

O tempo passou... e ainda bem que nos trouxe uma novidade! O querido amigo, médico dedicado, ser humano de coração doce e de mente brilhante, Silvio Luiz Carrara, nos presenteia com o livro *Croniquei... E agora? 2.*

Quero ainda registrar a alegria de ser convidado para escrever o prefácio deste livro! E o Silvio me honra com o convite pela segunda vez! Obrigado de coração, amigo Silvio!

Especializei-me, como biógrafo, em contar histórias. No meu caso, narro histórias vividas por grandes empreendedores brasileiros; no caso do Silvio, ele se baseia e narra histórias dentro daquilo que viveu, refletiu, aprendeu, duvidou, questionou, se divertiu... e sobre tudo que mereceu ser compartilhado em textos nos livros *Croniquei... E agora?*, volumes 1 e 2.

Comentei com o Silvio que o achei mais reflexivo na segunda obra. Gostei disso! Não sei o que provocou isso no amigo Silvio, mas, ao ler o livro, seus pensamentos causaram este mesmo efeito em mim, o da reflexão, e tenho a certeza de que isso se repetirá com você!

A reflexão lhe fez tão bem que, além de "cronicar" com a maestria conhecida, o Silvio também "Poemou"... rs! Leiam o poema "Para cima".

Esse é mais um ponto do amadurecimento, agora não mais do médico ou do homem, mas do escritor!

Lembro-me tão bem do momento em que conheci Silvio Luiz Carrara. Foi no lançamento de um dos meus livros, a biografia do empresário Armindo Dias, em evento ocorrido em Campinas, dono de uma linda e inspiradora história de sucesso.

De forma gentil, como em tudo que faz, Silvio se aproximou para que eu pudesse autografar o exemplar que ele havia adquirido. Ali conversamos rapidamente, quando ele me pediu um cartão de visitas, pois disse que iria me procurar para falar do livro que havia escrito.

Assim como eu disse na abertura deste prefácio, o tempo passou, não muito, e recebi uma ligação do Silvio. Percebi se tratar de um homem decidido, daqueles que criam e realizam os seus sonhos! Aliás, como deveria ser com todos nós!

Bem... mas o livro é do Silvio Luiz Carrara e não meu! Então, convido você a se deliciar com a leitura.

O maior objetivo de um autor é fazer com que seus leitores estejam mais transformados, mais bem preparados e se sintam melhores ao final da leitura da obra do que estavam antes de iniciá-la.

Eu li *Croniquei... E agora? 2* e sou prova de que essas reações ocorreram comigo.

Certamente, o mesmo acontecerá com você!

Um amplexo e ótima leitura!

Não sabe o que quer dizer amplexo? Eu também não sabia...

Então... comece a ler o livro do Silvio Luiz Carrara agora mesmo!

Ótima leitura!

Elias Awad
biógrafo e palestrante

SUMÁRIO

Introdução 17
1. A arte e a política 21
2. A noiva enfurecida 23
3. Abreviar 25
4. Acreditar 28
5. Adversários 30
6. Agradeço 31
7. Amo ou detesto! 33
8. Amplexo 35
9. Ao final 36
10. Aviões, meio de transporte 38
11. Banda larga 40
12. Beijo afanado 42
13. Cachorro, ora bolas 2 44

14. Cara não é coração **47**
15. Careca **48**
16. Casa não legalizada **51**
17. Casamentos **53**
18. Cemitérios **55**
19. Comer **57**
20. Conversa entre órgãos **59**
21. Daniel, o frentista **62**
22. Desocupados **64**
23. Dinheiro **65**
24. Dureza **66**
25. Educação **68**
26. Elevador **69**
27. Enfermagem **72**
28. Engraçado é ser gordo **74**
29. Ensaios sobre a burrice humana **76**
30. Epitáfio e defuntos **79**
31. Falando de morte novamente **81**
32. Fora do trilho **82**
33. Fugaz **84**
34. General Lopes **85**
35. Gente fantástica **88**
36. Homem biônico **89**
37. Infinito **90**

38. Inimigos antigos **91**
39. Sebastião **93**
40. José (Homenagem a Carlos Drummond de Andrade) **95**
41. Leite **96**
42. Lembra, lembra... **98**
43. Lembram-se do meu amigo *Nóia*? **100**
44. Mais do mesmo **103**
45. Maldição **105**
46. Marido faz mal à saúde **107**
47. Matuto no médico **109**
48. Minhocas **112**
49. Não **114**
50. Nino **116**
51. O clero **118**
52. O que vai em cima da cabeça nos identifica **120**
53. O supermercado **122**
54. Os sem sorte **124**
55. Pânico, neurovegetativas, pensamento acelerado **126**
56. Para cima **128**
57. Passa rápido **129**
58. Pedrão **131**

59. Pessoa **133**
60. Ponte **134**
61. Por que as coisas estão como estão? **136**
62. Praça pública
    (Homenagem a Érico Veríssimo) **137**
63. Presentes **139**
64. Professor da vida **140**
65. Profissão **141**
66. Queridas **143**
67. Roberto, o dentista **144**
68. Rodízio **147**
69. Saudade **149**
70. Sentidos **151**
71. Sogra **153**
72. Tempo **155**
73. Terminar **156**
74. Time de futebol **162**
75. Viaje na viagem **164**
76. Viúvas enlouquecidas **165**
77. Vivemos artistas **167**
78. Vovó **168**
79. Sonho **169**
80. Jogos **170**
81. Medo **172**

INTRODUÇÃO

No livro *Croniquei... E agora?* tive uma primeira experiência literária espetacular que me levou a um universo novo incrível. Como é bom escrever. Foi uma catarse imensa. Escrever também virou um bom vício. Na vida dos escritores, percebi que muitos viveram ao lado de suas máquinas de escrever e raramente saíam de casa. Ouvi certa vez uma entrevista do escritor, autor e diretor Miguel Falabella em que ele dizia estar sempre "louco" para chegar em casa e poder escrever suas ideias. Há milhões de ideias que surgem sempre, e colocá-las no papel é um momento de felicidade plena.

Participar de sessões de autógrafos na 24ª Bienal do Livro de São Paulo e encontrar uma fã que pulava de alegria ao me ver foi uma experiência tão incrível que não pude arrumar sequer uma palavra para explicá-la. Sinto que o utilizar das palavras escritas é um meio próprio e, também, transformador da vida do leitor. Mesmo que por apenas um segundo, já faz a diferença! Podemos conseguir um sorriso, uma lágrima ou mesmo uma gargalhada com nossas palavras. A palavra é a arma mais poderosa deste mundo. Um *não*, um *senão*, um *mas* ou um *talvez* podem, quando mal colocados, destruir vidas, casamentos ou mesmo iniciar uma guerra! Isso ocorre também com a palavra falada.

O escopo das histórias desta nova obra é o mesmo do das páginas do primeiro livro, ou seja, o cotidiano das pessoas. A modernidade nos leva a refletir bastante. Imagino um dia em que as coisas antigas sejam definitivamente relevadas a museus vazios, depositadas em nuvens da internet, num mundo em que ninguém mais se interesse pelo passado. Isso já acontece em outras áreas. A ópera, por exemplo, está tendo uma morte lenta e dolorosa... Os jovens não a entendem e não têm interesse por ela.

Fiquei impressionado com a viralização das coisas na internet. Meu livro, depois de lançado, já aparecia em 93 sites. Na versão digital também. Como autor de primeira viagem, achei bacana entrar numa livraria fora de minha cidade e encontrá-lo na prateleira! Acabei não resistindo e comprei um exemplar! Não me identifiquei, é claro, mas comentei que ouvi falar que o livro é bom! Rsrs. Também vi que na versão digital o valor dele era menor, então comprei um para ver se era verdade. Tenho um e-reader, apesar de gostar mais da versão física. E não é que baixou?! Pensei: *Agora posso ler meu livro e outros no avião!* Confessei a Elias Awad, "o biógrafo fantástico", que me disse: "Quando viajo, às vezes esqueço meus livros para presentear e tenho que comprar". Bom, se o Elias Awad tivesse que levar todos os dezenove livros que escreveu, teria de pagar excesso de bagagem literária! (Acho que agora serão vinte livros!)

Os meus livros não precisam ser lidos do início. Cada página contém uma crônica ou pequena história diferente. Abra-o aleatoriamente e comece a ler! Se gostar, saboreie outra crônica! Assim vai se desenvolvendo a leitura até o término.

Vejo que são raros aqueles que leem no metrô ou durante a refeição. Fico curioso para saber o que estão lendo. Ver se é bom mesmo. Na maioria das vezes, não consigo saber. Teve alguém que estava tão entretido com o livro que deixou a comida esfriar...

Quantas pessoas gostam de ler e são de comunidades carentes! Vejo aquelas bibliotecas pequeninas em quartinhos onde eles leem e releem o mesmo livro. Que pena!

Todos têm a obrigação de incentivar o exercício da leitura, e não apenas criticar. Só assim conseguiremos mudar o nosso país.

Espero que gostem do meu, como costumam me dizer, segundo "filho"...

Apesar de tudo... *Croniquei... de novo*!

Boa leitura!

Silvio Luiz Carrara

1.

A ARTE E A POLÍTICA

Antes (quer dizer, antigamente), a política era muito influenciada pelas artes, pelo cinema, pelo teatro e pelos artistas, os quais opinavam e faziam manifestações. Exemplos não faltam, como a semana modernista de 1922; a contracultura; manifestações da música que inseriam em suas letras mensagens subliminares de contestação. Temos como exemplo Chico Buarque, em "Cálice", e tantos outros, as manifestações do Tuca etc.

Hoje, há artistas e pseudoartistas que se deixam levar pelo dinheiro fácil. Vendem suas almas por uma ideologia falida, por um governo corrupto que diz ter tirado 30 milhões da pobreza e agora está devolvendo junto com mais 60 milhões.

As artes não influenciam mais. Nas redes sociais, as pessoas querem mais é rir da própria desgraça e da alheia. Um profundo besteirol. São hienas. Voltamos à política da Roma antiga, só que lá era pão e circo. Aqui, acrescentou-se a mortadela, já que ela só surgiu em 1376. Sabia que a rainha da mortadela é a linda Sophia Loren?

Por isso contradigo Elis Regina*: não tem dor e nem perceber. Já não somos os mesmos e não vivemos como os nossos pais. O perigo da esquina já não é a repressão, mas o banditismo. Finalmente, nossos ídolos não existem. Com uma coisa, porém, concordo: não apareceu mais nenhum. O mal venceu e o ideal é amar o passado...

---

* Referência à música "Como nossos pais", de Belchior, interpretada por Elis Regina. (N.E.)

2.

A NOIVA ENFURECIDA

Histórias de noivas e casamentos há tantas, não é? A noiva caiu, rasgou o vestido. Problemas com o noivo também são comuns, como desmaios.

A história dessa noiva vem dos tempos antigos, lá pelos idos do século passado, década de 1970. Tudo certo para o casamento. Ficou estabelecido que a noiva se preparasse em casa; depois, com um carro alugado, ela iria a outra cidade distante trinta quilômetros daqui. Nesse caso, seria um carro importado contratado com antecedência. Um Mercedes-Benz com toda pompa e circunstância para a época, já que esses carros eram raros por aqui.

Após a preparação — vestido, cabelo, unhas e maquiagem –, a noiva estava pronta para dar mais esse passo fundamental em sua vida, um rito de passagem. Acontece que o carro não apareceu. Passados uns trinta minutos, tocou o telefone. Era o motorista (telefonando do orelhão, é claro!) informando que o carro quebrara e que não havia substituto.

Meu Deus!, pensou a noiva. *Como farei?* Com o avançar das horas e vendo o desespero da noiva, seu cabelereiro se propôs a levá-la.

— Posso levá-la, mas meu carro nem é chique e está sujo — ele disse.

Desesperada, a noiva respondeu:

— Está bem. Vamos.

E lá foram os dois, em um fusquinha amarelo-manga, para a igreja da outra cidade. Ao chegar, a noiva pediu para que o rapaz parasse uma quadra antes e o trecho restante seguiu a pé. Suada, com a maquiagem e o cabelo desmanchando.

Carro importado nunca mais!

3.

ABREVIAR

Prorrogar a morte ou abreviar a vida? O médico, antigamente, era visto como um todo-poderoso, tal qual Dom Quixote de Cervantes lutando contra o moinho. Todos acreditavam nele. Ia a residências; recebia o melhor tratamento; comia das melhores coisas da casa, e por vezes a levava para casa. Em datas especiais, como em seu aniversário e no Natal, seu consultório se enchia de presentes. Tudo isso foi desmistificado pelo mercantilismo capitalista, que inclui: seguradoras; grandes bancos; fundos de pensão; indústria farmacêutica; indústrias de produção de insumos e afins, como próteses e órteses; e fundos internacionais. Já ia me esquecendo do próprio plano dos médicos, bem como a parcela de culpa destes, que também contribuiu com a desconstrução do médico todo-poderoso. Não posso citar o que sei!

Voltando aos médicos e à cura de doenças e dores. Há dores que se fazem necessárias, como a dor do parto, que vai dar origem a uma nova vida. Aprendi que uma das maiores causas que levam o paciente ao médico é a dor. Não salvamos vidas; pobres enganados! A nossa função é a de restabelecer a pessoa às funções mais compatíveis com as que ela tinha antes; quanto mais normal, melhor. Tratamos doenças e ministramos conforto e alívio da dor e de outros sintomas. Um dia ela chegará, mesmo para nós. Seremos desenganados!

Um paciente de 98 anos, sem controle dos esfíncteres, acamado há anos e com Alzheimer e dores, de repente tem um acontecimento feliz: seu coração para! O médico ao lado do leito pode se debruçar sobre ele e insuflar seus pulmões, fazendo seu coração bater de novo! Será que está cumprindo seu dever inútil?

Quando não sentimos mais alegria e beleza... Quando tomar um banho sozinho em meses se torna uma vitória, o corpo já é uma pele de cobra abandonada. Um jovem francês que sofreu um acidente de moto e só mexia um dedo conseguiu passar essa mensagem:

— Morri em 24 de setembro de 2000.

Este tema é duro mesmo, a morte! Você já pensou na sua? Quer ser enterrado ou cremado? Vai doar seus órgãos ou não? Pensou que vai ser abrupta ou insidiosa, lenta e dolorosa?

Ninguém, mas ninguém gosta do assunto, somente cemitérios, funerárias e vendedores de coroas. É o negócio deles, né?

— Vai ser de luxo com garrafinha de café e quatro velas? — indagou o vendedor. — E a placa é de bronze ou alumínio? Pode fazer no cartão? O cemitério fecha às 22 horas, mas colocamos o caixão embaixo daquele X e vocês velam pela internet! É por causa dos assaltos!

Conheço gente, das antigas, que não queria dar trabalho aos filhos. Já compravam o terreno no cemitério e colocavam a foto e a data do nascimento na lápide. Guardavam até o caixão embaixo da cama!

4.

ACREDITAR

Desde muito, as pessoas acreditam em profecias e jeito fácil de ganhar dinheiro. Já existiu o conto do bilhete premiado, que perdura até hoje. Há um tempo existia a pirâmide: você deveria depositar uma quantia na conta de alguém; se mil pessoas depositassem também, chegaria a hora de você receber a sua quantia, mil vezes a mais. Novecentos e noventa e nove! Não se podia quebrar a corrente. Nunca acreditei nisso, mas tinha gente que dizia que ganhava. E eram realmente entusiastas. Havia, também, aquelas coisas de televisão da madrugada, com letrinhas embaralhadas. O prêmio ia aumentando e a pessoa não parava de falar. Na maioria das vezes, era muito fácil adivinhar. Pensava: *Isso está na cara! Como não advinham? E a ligação custa tantos reais o minuto. Que enganação...* Também havia um apresentador porto-riquenho brega, não me lembro se ele vendia alguma coisa ou enrolava. O cabelo oxigenado, a sobrancelha delineada. Lábios grossos. Era a cara da Rogéria. Na época, não existiam botox ou preenchimento. Seu bordão era: "Ligue jhá!". Penso o que virou o Walter Mercado. Talvez purpurina!

Hoje as coisas são mais tecnológicas, vêm pelo WhatsApp.

Reze mil ave-marias e em cinco minutos receberá dinheiro!

Hoje é dia do seu anjo da guarda. Passe a oito amigos e em oito minutos você terá resposta. Mas passe urgentemente. Pode começar comigo.

Pensei: *Será que essa pessoa é minha amiga? Também não consigo lembrar oito amigos! Então lá vai.* E mandei oito vezes para a mesma pessoa que me mandou! *Vai que ganho alguma coisa!*

5.

ADVERSÁRIOS

Por que será que os médicos receitam remédios e não explicam os efeitos adversos? Muitos pacientes não leem a bula e sofrem com insônia, agitação, tosse, dores nas pernas, boca seca etc. Hoje em dia, com o advento da internet, os mais espertos olham. Para os laboratórios se prevenirem, criam aquelas bulas imensas que quase não cabem na caixa dos medicamentos, as quais dizem que os remédios podem causar de tudo.

Alguns pacientes sofrem anos a fio com inchaço doloroso nas pernas ou com tosse seca, fruto de remédios para pressão que esses médicos receitaram! Quando se queixam, são receitados com xaropes e remédios para dor, alguns até para insônia, transformando o paciente em dependente.

Pergunta: "Como foram as aulas de Farmacologia?".

Resposta: "É só uma leve enxaqueca. Tome uma aspirina. Quantos dias quer que ponha no atestado?".

6.

AGRADEÇO

O que significam as palavras agradecer ou gratidão? Segundo o Tratado de Gratidão de Tomás de Aquino, um dos três grandes filósofos junto com Platão e Aristóteles, são três os níveis de gratidão: o nível mais superficial, o nível intermediário e o nível profundo do agradecimento. Não é que ele tem razão?!

O nível superficial se explica pelo próprio nome. Quando você deixa cair alguma coisa, entre outros exemplos, você diz obrigado! Pronto, passou. É um nível cerebral de resposta rápida, talvez educacional. Também há aquela forma moderna do primeiro nível:

— Estou lhe devendo uma!
— Uma o quê? — eu digo.

O segundo nível já é mais profundo e perdura por mais tempo em nosso cérebro. É o nível de dar graças a alguém pelo que fez por nós. Nesse aspecto, pesquisas revelam que quando se tem uma experiência boa, contamos a no máximo dez pessoas. Por exemplo, restaurantes, passeios, viagens. Quando se tem uma experiência ruim, você nunca mais esquece e adverte:

— Não vá lá, é ruim!

O restaurante ou as coisas podem ter mudado e você continua achando que são ruins. Ruim é o nosso cérebro! Graças a isso, digo aquela velha máxima: não recomende viagens, passeios ou restaurantes a ninguém. E nunca digo:

— Jamais volte a um lugar onde tenha tido uma experiência onírica. Pode ter uma decepção.

O terceiro nível de agradecimento de Tomás de Aquino é o nível mais profundo.

Professor António Nóvoa percebeu que a língua portuguesa é a única em que se agradece no terceiro nível. Obrigado, ou muito obrigado, na acepção da palavra quer dizer: "Estou comprometido com você ou convosco". Ele também percebeu que no inglês e no alemão o agradecimento é em primeiro nível (*thank you*; *Zu danken*). Nas outras línguas, só se agradecem no nível intermediário (*merci*; *gracias*, *grazie*); neste nível, se dão graças.

A Universidade da Califórnia (Ucla) quis fazer mais do mesmo e dizer que existem três níveis de agradecimento: o simples; o médio e o verticalizado. Nada mais que Tomás de Aquino.

Como médico, eu poderia dizer: níveis leve, moderado e grave!

Voltando ao obrigado, tomem muito cuidado ao pronunciar essa palavra, pois quer dizer: "Sinto-me obrigado e comprometido a ti, talvez aos teus. Estou comprometido contigo, devo retribuir a ti". É muito sério, não é somente da boca para fora!

Se gostaram, o meu muito obrigado.

7.

AMO OU DETESTO!

Perceberam que tudo na vida resume-se a amar ou detestar? O meio-termo são muito poucas pessoas, não são?
— Você não come feijão?
— Não, porque detesto.
— Por quê?
— Não sei.
— É o cheiro?
— Não, nunca comi, mas detesto.
E por aí vai.
— Só como se tiver molho. Detesto: frutas, doces, aquele carro.
— Mas tem tantos na rua, e muita gente os ama!
Com as pessoas é a mesma coisa, quer sejam elas personalidades ou não. Sabem quem são só por foto ou vídeo, mas amam ou detestam! Muitas vezes, mudam de opinião se um amigo diz:
— Ele é legal.
E pronto, param de detestar. Perguntamos por vezes:

— Por que não gosta?
— Não fui com a cara dele e pronto! O nosso Santo não bateu!

Ora, qual é o seu Santo e o dele?

Também ocorre o inverso, quando antes se amava e agora se passou a detestar. Acontece com tudo: comida, gente, roupas, sapatos, restaurantes, passeios, amigos, irmãos, pais, mestres e doutores.

Pode o mundo ser assim?

Você ama ou detesta o mundo?

8.

AMPLEXO

Quanto vale um amplexo ou amplexa? Porque essa palavra é masculina e existe em feminino. Diferentemente dos seus sinônimos. Não sei, mas, meu querido, receba um amplexo carinhoso e demorado. A você, minha querida, receba uma amplexa carinhosa e demorada. Já sei. Corou-se, ficou perplexa! E a vocês todos, um carinhoso, demorado e afetivo amplexo.

Amplexo quer dizer abraço. Nossa língua é muito rica. Às vezes, em estações de metrô ou ônibus, observo aqueles com uma plaquinha no pescoço: "Abraço grátis!".

Muitas pessoas passam direto e um número mínimo dá aquele abraço caloroso. Abraçam e se sentem felizes!

Precisamos abraçar mais o próximo!

Amplexos a todos!

9.

AO FINAL

Quando eu morrer, não quero que me enterrem na lapinha*! Também não quero choro nem velas e nem uma fita amarela!

O que eu quero? Vou listar.

Uma sandália Havaianas 43/44 de qualquer cor (mas tem que ser Havaianas). Uma cueca tipo short ou samba-canção de algodão puro com um número acima do meu (tem que ser 48). Uma camiseta *dry fit* branca GGG.

Vamos às amenidades.

Dois litros de água de coco Kero Coco gelada. Um telefone celular *smart* com bateria carregada e dois chips da Vivo. Observação importante: tem que ser Vivo mesmo, não pode ser Claro, Nextel, Tim e muito menos Oi!

---

* O uso de lapinha aqui é uma brincadeira com a canção "Lapinha", do capoeirista baiano Besouro Mangangá ("Quando eu morrer me enterre na Lapinha [...]"), conhecida na voz de Elis Regina. Lapinha é um bairro da Bahia. (N.A.)

Uma lanterna de camping de led autocarregável. Um cilindro de oxigênio de alumínio carregado com cateter tipo óculos com duração de doze horas. Dois litros de água gelada Bonafont. Um papagaio e uma comadre, ambos descartáveis.

Cinco moedas de um real. Uma caneta Montblanc com tinta preta. Duas aspirinas para adulto. Uma revista *UFO* e uma revista *Planeta* com reportagens sobre zumbis. Uma revista *Quatro Rodas*. Uma caixa de fósforos Fiat Lux. Uma vela de sete dias. Um tubo de inseticida. Um protetor solar fator cinquenta.

Se lembrar de mais alguma coisa, escrevo... Vai que não morri!

10.

AVIÕES, MEIO DE TRANSPORTE

Nas escolas, é dito às crianças brasileiras que Alberto Santos Dumont foi o pai da aviação em Paris. Com esse sobrenome e em Paris? Sabe-se, há muito tempo, que os inventores do avião foram os irmãos Wright: Wilbur e Orville. Eram sete irmãos e tinham até um pequeno túnel de vento. Então existem pais, tios e tias da aviação. Descobri que o avião tinha família, mas era órfão de mãe. Alberto Santos Dumont nem aparece no hall da fama dos inventores. E também há aquela história que contam de que se matou porque seu invento foi usado para a guerra! Ora bolas, ele se matou porque estava sem dinheiro, sem a vida boa de playboy de Paris e em depressão.

Agora, sim, estão certos? Os pais da aviação foram um casal *Wright, right*? Dizem que voar é uma das formas mais seguras de viajar. Mais seguro que viajar de elevador? Nunca gostei do viajar de elevador. É estranho! Além do que, não se computam quedas de aviões pequenos e helicópteros. Estes não deveriam voar... É só olhar por fora e ver que aquele troço é esquisito.

Quando andei de helicóptero (também achei estranho), vi que o piloto tinha um ferro torto nas mãos com um manete de moto na ponta e dois pedais. Deve ser freio e desembraio! Aquilo sacoleja muito, não tem saída de emergência e máscaras não caem automaticamente. O assento não serve para pouso na água, então se vira! Não tem água, suco, amendoim e goiabinha (indispensáveis nos voos nacionais; deram um *up* na fábrica). Vira-te também.

Escadas rolantes, assim como elevadores, por incrível que pareçam, aparecem nos métodos de viajar! Existem nem sei quantas, mais de um e dezoito zeros! Não conheço viagem em escada rolante. Pode haver de um país a outro na fronteira ou de uma cidade a outra. Quem sabe alguém pode me informar se existe uma escada rolante entre dois países! Mortes nos elevadores e escadas rolantes são extremamente raras.

Voltando aos aviões, nos Estados Unidos dizem que subir num avião é oitenta vezes mais seguro que andar de carro. Não conhecem as nossas marginais!

Só sabemos que o avião revolucionou o transporte de massas, encurtou as distâncias e diminuiu a saudade.

11.

BANDA LARGA

Várias operadoras ligam diuturnamente, inclusive aos sábados e domingos.

— O senhor não gostaria de trocar de operadora?

Quando é da mesma operadora, ligam oferecendo:

— O senhor não quer aumentar o número de canais e a velocidade de sua internet para tantos giga, mega, hiper, superbytes?

— Nãooo.

Minha internet já tem o maior plano e pago caro por um serviço vagabundo e de segunda. Ligo o computador e entro na internet; depois, vou ao banheiro ou tomo um café. Só aí é que dou uma verificadinha se entrou, dependendo do horário. Se for princípio da noite ou meio da manhã, desista e tente mais tarde. Lembram-se do tempo em que a internet era discada e ficava aquele barulhinho infernal tentando conexão? Quando conseguia, era lenta mesmo assim...

Estava a lembrar: poucos anos atrás, estava eu no Parque Kruger, no meio da África do Sul, tirando fotos e minha internet era na velocidade da luz. Como pode, né? Essa internet faz-me lembrar dos tempos de criança, em que para ligar de Campinas a São Paulo chamávamos a telefonista:

— Por favor, eu gostaria de fazer uma ligação para São Paulo.

— Tente mais tarde, por favor — dizia a telefonista.

Ah, era 101, número discado para chamar a telefonista nos anos 1970.

Para mim, banda larga é a banda italiana Rockin 1000, de Cesena, na Itália, que conta com mil integrantes. Já tocaram Foo Fighters e homenagearam David Bowie!

12.

BEIJO AFANADO

Dizem, após um beijo roubado muitas vezes consentido:
— Te roubei um beijo.
Mas você gostou, e os próximos serão consentidos.
Beijos de paixão, amor ou mesmo aqueles sem graça que esses jovens dão nas festas como se fosse campeonato:
— Hoje beijei dezenove.
— Ganhei! Beijei vinte e dois.
Muitos pares são repetidos!
Mas a história do beijo afanado diz respeito a uma amiga. Uma jovem senhora muito bonita que trabalha numa loja de artes, da qual é dona junto com o seu marido. Acontece que, duas vezes por semana, passava por lá um idoso que entrava na loja e a elogiava:
— Que genética maravilhosa! Queria conhecer sua mãe.
Ela não ligava para os elogios do senhor, até que um belo dia, na frente de seu marido, o velhinho tacou-lhe um beijo na boca. Minha amiga, pasma e assustada, ficou sem reação mesmo. O marido tomou as dores:

— Escute aqui! Pelo que o senhor fez, eu devia lhe dar um tapa na cara, mas, como o senhor é mais velho do que eu, então toma.

Imediatamente, o marido da minha amiga tascou um beijo na boca do velho!

Nunca mais o viram!

13.

CACHORRO, ORA BOLAS 2

Lembram-se da linda história dos cães malteses da madame? Pois é, a vida continuou. Seus quatro malteses são Mike, Chanel, Chloe e Brigitte, a caçula. O criador disse antes de vendê-los:

— Olhe que a Brigitte tem o latido rouco; é bem diferente e vai ficar assim.

Dizem que o cão se chama Bichon Maltês. Acho que todo bicho deveria ter no nome o bichon na frente, mesmo sendo pequenino como os malteses! É originário da Ilha de Malta ou da Ásia? Servia como moeda de troca na Europa! Existe uma lenda curativa sobre os malteses (curavam o quê, hein?): seus pelos eram usados para fazer luvas. A rainha da Escócia o popularizou como cão de colo, disseminando-o pela Inglaterra. No ranking da inteligência, ele ocupa a posição de número 59. Se invertermos a tabela — isto é, o ranking da burrice –, deve estar entre os primeiros. Ele tem origem entre 2000 e 3000 a.C. e o próprio Darwin disse que o cão tinha uma origem de 6 mil anos.

Voltando à nossa história, madame resolveu deixar os quatro num hotelzinho para dar um passeio pela Europa por quinze dias. Confiava plenamente na dona, que postava fotos todos os dias de seus cachorrinhos. Na volta, seus quatro cachorrinhos foram entregues lavados, penteados e cheirosos. Voltava a felicidade ao lar de madame, mas...

Passados três dias, Chloe adoeceu, não comia mais. Madame a levou correndo à veterinária e amiga Letícia Pereira Ghilardi, que, por sua capacidade e competência, diagnosticou:

— É doença do carrapato!

Se Chloe adoeceu, os outros também adoeceriam!

Foi a pura verdade dolorosa. Os quatro cachorrinhos lindos tiveram confirmação pelos exames de sangue. Todos começaram o tratamento imediato. A recuperação de Chloe foi lenta. Já Mike, aos seus treze anos e com o coração cansado, não teve a mesma sorte. Sua situação só piorava e infelizmente ele faleceu, apesar do Dr. Rodrigo Malavolta, que não poupou esforços para salvá-lo. Não antes de se despedir da madame com olhar terno, fraterno e de gratidão. Muitos não creem nisso, mas Mike foi levado ao Cemitério São Francisco de Assis, onde, por minutos, foi velado e depois cremado. Poderia também ser enterrado se quisesse.

O amigão, como era chamado pela madame, teve seu descanso. Existe essa amizade entre nós, humanos, e os canídeos há séculos. Muitos casos até retratados em filmes. Alguns cães são heróis, e Mike sempre foi um herói na vida da Senhora. Criado no seio da família, participou de todos os momentos da vida. Na missa, a madame colocou junto às intenções para que rezassem pela alma do Mike. Após a missa, o padre brigou com a senhora dizendo que cachorro não tem alma!

Madame, muito católica, mostrou ao padre textos do Papa João Paulo II, nos quais discorria sobre a alma dos animais. O padre, porém, não aceitou os argumentos do Papa!

Acredito que cães têm alma sim, e tem amor incondicional pelas pessoas, bem como outros animais. O cavalo, por exemplo.

Bem, a vida continuou. Chanel ficou um tempo sentindo a falta de Mike, mas aí surgiu uma nova amizade com a Brigitte. As duas brincavam muito e corriam pela casa.

Madame voltou a ter paz. As cachorrinhas eram a alegria de sua vida. Chanel ronca mais forte que adultos e só come sozinha! Brigitte cresceu mais que as outras, come tudo que lhe dão e também da tigela das outras. Carinhosa e companheira, pede colo e carinho a toda hora.

Chloe é mais introspectiva, na dela mesmo, independente. Dorme em frente a um altar onde estão as cinzas de Mike, o amigão, e leva sua comida para comer pelo chão da casa.

Pena que esses amigos durem menos que nós...

14.

CARA NÃO É CORAÇÃO

Pensamento veio nos tipos físicos das pessoas. Na medicina existe uma classificação dos indivíduos. O longilíneo é aquela pessoa alta, de braços e pernas compridas e por vezes até magrela. O brevilíneo é o sujeito baixinho, de pernas e braços curtos — como eu diria, troncudinho! E os normolíneos? Se você vir alguém assim, informe urgente! Estão em extinção! Hoje há abdômen negativo, positivo e superpositivo (de chope mesmo). Quanto aos quadris, existe o de salada de frutas: pera, maçã, goiaba, melancia. Ainda bem que não temos legumes como abóbora e chuchu, e raízes como a mandioca!

Voltando à cara ou à face, tem gente com cara de azia, nauseado mesmo. Achamos até que se vomitassem melhoraria. Tem caras meigas e doces e caras feias. Já viram aquela pessoa que tem tudo feio, do ponto de vista estético atual, mas nasceu com os olhos verdes?

Dizem os antigos: "Quem vê a cara não vê o coração". Isso é verdade. Existem os feios e simpáticos e os bonitos e feios.

15.

CARECA

Já dizia a velha marchinha de Carnaval: "É dos carecas que elas gostam mais". Se tiver dinheiro, então! Hoje existem muitos jovens carecas e não há mais bullying nem com o quatro *zóio*, que eram os óculos.

Minha calvície começou aos vinte e cinco anos com as famosas entradas. Procurava disfarçar com escova ora virando o cabelo para um lado ora para o outro. Até que minha mãe sugeriu:

— Há uma planta de babosa lá no quintal. Pegue uma folha e esfregue na cabeça antes do banho.

Aquela planta horrível, com folhas grossas e espinhos na ponta! Sim, mas se for por uma boa causa...

Peguei uma faca e cortei uma folha. Sorvia uma baba marrom. *Ah, é por isso que se chama babosa!* Será que adiantaria alguma coisa, já que meus tios eram carecas? Tomei vários banhos esfregando aquela joça na cabeça. Não adiantou nada.

Meu amigo, que depois virou *Nóia*, também estava ficando calvo e, como seu pai era mais endinheirado do que o meu, resolveu fazer um tratamento em São Paulo numa clínica capilar, aonde ia três vezes por semana. Ele usava só produtos da clínica, tipo xampu e óleos, além de um massageador vibrador, o qual passava na cabeça todos os dias. Eu via aquilo e achava que chacoalhava o cérebro também, porque o encéfalo é um queijo minas preso numa caixa de madeira. Enfim, ele virou careca e talvez por isso ficasse *Nóia*.

Passados anos, surgiram remédios que se diziam milagrosos, como o Minoxidil e a Finasterida, os quais também foram como a babosa... E ainda gastei dinheiro à toa. Mais avante no nosso cronograma cálvico, apareceu o implante capilar. Que beleza! Um cirurgião feito um *sushiman* arrancava uma faixa de cabelo da nuca e depois, como um jardineiro, preparava as mudinhas. Lá vinha ele com um bisturi, uma agulha de crochê e as mudinhas.

— Vai querer mil ou duas mil mudas? É um real cada!

— Duas mil.

Pronto! Era bisturizada e crochetada e ai, ai, ai.

— Fique quieto que está acabando! — exclamava.

Depois, fazia um curativo para ficar uns dias como se você tivesse feito uma neurocirurgia!

No dia em que retirou o curativo, eu me esperava cabeludo. Que decepção... As mudinhas caíram todas. Aí o *sushiman* disse:

— Caíram, mas vão pegar, não é?

Passados uns meses, brotou e eu fiquei com aquele cabelo de boneca!

Depois que Bruce Willis e, nos tempos passados, Kojak apareceram como carecas charmosos, a calvície deixou de ser demérito. Também não é doença; só os japoneses falam isso, porque na população deles existem poucos calvos.

Quando entrávamos na faculdade, tínhamos orgulho de ficarmos carecas e todos na rua nos identificavam como vencedores.

Perto de vinte por cento da população mundial; na Holanda a incidência é de quarenta e um por cento; isto se deve à cerveja produzida lá?

Hoje, a juventude careca é um charme! Tomar banho é aquela batucada na cabeça, o cafuné arrepia mais fácil, o travesseiro refresca. Sem contar menos gastos com xampu.

Os cabeludos defendem a categoria, dizem que podem mudar a cor do cabelo, fazer tranças etc. Mas, contudo, porém, todavia, entretanto, estudos andam revelando que os carecas são mais evoluídos. Têm menos câncer de próstata. Um modelo evolutivo, desde que se cortem as sobrancelhas, os pelos da orelha e do nariz.

Falei do Kojak e do Bruce Willis, mas há gente mais moderna, como Kelly Slater, Guardiola, Zidane, Vin Diesel, entre outros.

Carecas, conformem-se e não neguem a raça. Somos a evolução dos primatas carecas! Não se esqueçam do protetor solar.

16.

CASA NÃO LEGALIZADA

O sonho de todos os brasileiros: uma casa. A maioria dos menos favorecidos compra um terreninho na periferia, legalizado ou não. Fazem mutirões com família e vizinhos para levar a obra à frente. Quando chega o momento de fazer a laje, a primeira, fazem até churrasco. Falei primeira laje, porque eles não se contentam com um andar só. O bater a massa de cimento com pedra, areia e água eles chamam de "bater uma feijoada". A casa é feita aos rabiscos sem cálculo estrutural. E, se a família aumentar, lá vai um puxadinho!

Conheci uma senhora que morava em um terreno regular. Trabalhava em três empregos. Fazia a planta da casa aos rabiscos em um dos trabalhos. Até que teve relacionamentos certos para suas pretensões. Primeiro um gerente de banco, depois um mestre de obras e por último um pedreiro! Construiu a casa da sua cabeça e de fotos de revistas. Arrancava os cabelos com as dívidas. Depois de pronta, com aquele pé-direito gigante, resolveu fazer uma piscina enorme e uma cacimba. Continuou a arrancar seus cabelos.

Agora, com a casa pronta e a piscina, não tem tempo de desfrutar! Trabalha muito, porém está irregular.

Alguém conhece um engenheiro civil para outro relacionamento?

17.

CASAMENTOS

No mundo atual, os jovens não querem mais sair de casa. A chamada geração canguru. O ninho está cheio, mas eles não querem sair, não querem ter responsabilidades com moradia e contas a pagar. Neste mundo novo, em que a maioria dos pais só tem um filho, eles acham até bom ter uma companhia e cuidados na velhice. Não existem mais aquelas famílias grandes em que uma mulher ficava para tia e cuidava dos pais, abnegando-se para o resto da vida.

Quando há um casamento, aí sim, evento em extrema extinção: traz de volta a alegria aos salões de beleza das cidades e ficam muitos comentários. Dizem que o melhor da festa é esperar por ela! Deve ser mesmo, porque depois vêm a ressaca e a depressão por vezes.

Mas nos casamentos tem fofoca de todo o jeito: sobre os vestidos, os ternos, o noivo, a noiva, os salgados, a bebida, o bolo, os bem-casados, a comida quente e até a lembrancinha!

Há também os comentários mais graves. Se a noiva está gorda, vão dizer que casou grávida. Já ouvi de uma sogra:

— Meu genro é careca. Aquilo é peruca.

No casamento pode!

Se chover, dizem que traz boa sorte.

Deveria ter um tratado sociológico sobre o assunto, mas é natural do gênero humano.

18.

CEMITÉRIOS

São lugares dos quais todos passam pela frente e sentem um arrepio, ou talvez mudem o caminho da próxima vez; alguns até se benzem. Como se um dia não fossem parar lá! Os cemitérios são também chamados cidade dos pés juntos, última morada, necrópole, fossário (deveria ser ossário), campo santo, Sepulcrário. Quem vai para lá são os que seguraram na barba de São Pedro, cravaram o bico, abotoaram o paletó de madeira, entre outros.

Existem uns muito feios, com estátuas e mausoléus que lembram filmes de terror, principalmente os muito antigos, em que o mausoléu de mármore fino feito por arquitetos e artistas famosos à época simplesmente significava riqueza e poder. Há aqueles em que o esquife fica acima da terra e você pode vê-lo através dos vidros. Há verdadeiras capelas em túmulos muito mais ricas e ornamentadas que algumas igrejas.

Em algumas cidades no mundo é possível fazer uma atrativa e mórbida visita ao cemitério onde estão enterrados fulano, beltrano e sicrano. Más só os três? E os outros 500 mil?

Prefiro aquele cemitério tipo condomínio fechado. Não tem barulho, crianças, as ruas são tranquilas e fecha às cinco horas. Um jardim lindo. A vizinhança não incomoda, não há salão de festas nem área de lazer. O único inconveniente é que os terrenos são pequenos!

19.

COMER

Foi-se o tempo em que as refeições eram atos tranquilos. Lembro-me do quadro da Santa Ceia, em que todos estão tranquilos e serenos, sentados à mesa, aguardando Jesus distribuir o pão e o vinho.

Hoje o *fast-food* é um encontro de estômagos e celulares! Deve haver mais celulares que estômagos, porque algumas pessoas têm dois ou três, por vezes laptop também! As pessoas comem, pois estão em horário de almoço! Aproveitam para ficar com os olhos vidrados nas telas de seus celulares enquanto literalmente engolem a refeição.

Convidar amigos para jantar também virou uma chatice! Cada um leva a sua tranqueira no bolso e as conversas são várias vezes interrompidas pelos celulares! Muitas vezes o garçom também tem um treco eletrônico para fazer o pedido, ou na própria mesa há um cardápio eletrônico com fotos maravilhosas. Aí vem a comida, tão diferente da foto. A pessoa parece tão desinteressada nela que até esfria. Não importa o que seja: frango, carne ou peixe. Tanto faz! É apenas para as necessidades fisiológicas.

Refeições em casa são a mesma coisa. Se não for o celular, comem na cama ou com a televisão ligada! Os mais distraídos esquentam nos micro-ondas e, na ansiedade de verem televisão, enfiam o garfo com comida quente na boca, queimando a língua ou o céu da boca! Ah, eu me esqueci de dizer que tem gente que mora na cama ou no sofá!

Digo-lhes que os canais repetem as mesmas notícias o dia todo. Para que essa ansiedade? Rir de uma palhaçada aqui ou acolá tudo bem, mas não riam da própria situação, não é?

20.

CONVERSA ENTRE ÓRGÃOS

Diferentemente do que pensam, essa conversa não é do Governo, mas de órgãos internos.

Eram onze horas...

— Estou com fome. Vou logo avisando: vou começar a doer! — Estômago reclamou.

— Ora bolas — Cérebro retrucou. — Que se fez daquele pão de queijo com café que comeu às nove da manhã?

— Não sei... — disse Estômago. — Você me responda.

— Não era para estar com fome! Veja o departamento de águas e esgoto — Cérebro pediu. — Com esse calorão ainda não reclamaram!

— Eles são assim mesmo: exibidos, fazem o pedido com urgência e de última hora, e você entrega! — falou Estômago.

— Entrego — Cérebro explicou — porque o serviço deles é vital. Não dá para passar cinco dias sem água! Já a sua energia pode ser racionada, e há casos na Índia de gente que ficou até seis meses sem esses suprimentos!

— Vou avisando... vai doer de fome! — Estômago repetiu.

— Faça o que quiser.
— Sei que você é mau-caráter mesmo! Onde você escondeu o estoque? Olhe que passou muita coisa por aqui desde o casamento e o aniversário de um ano. Foram bolos, bem-casados, brigadeiros, salgados, pratos quentes. Sem contar aquele joelho de porco e o leitão pururuca da semana passada.
— O que eu faço é coisa minha e pronto! — exclamou Cérebro. — Vire-se com sua fome.
— Então é um ditador mesmo. Eu já sabia. Desde que tirou a Medula Oblonga do conselho e colocaram só machos, como o Bulbo, que, junto com o Cerebelo, é um pau-mandado seu, né! Não temos mais nenhum voto feminino. Vou informar aos outros órgãos. Desconfio que mandou o bolo e o brigadeiro ao exterior!
— Isso foi com o intestino, e você não tem nada a ver com isso! Não vamos envolvê-lo nessa conversa — Cérebro pediu.
— Epa, epa, epa! Ouvi falarem meu nome! — disse Intestino. — Por aqui trabalhamos muito, mas por hora não há serviço. Não chega nada, a comida não vem e vai haver demissões! Já houve um tempo de abundância; passaram muitas coisas por aqui. Tivemos que jogar algumas fora. Foi um desperdício. Olha que já passou muita coisa boa: camarão, lagosta, caviar. Pena, tive que jogar muitas fora. Mas cadê o estoque?
— Não temos estoque — avisou Cérebro. — Trabalhamos como japoneses: "just in time"!
— Vou me meter nessa história! — Foi a vez de Coração falar. — Trabalho muito e não tem estoque?

— Não me venha com essa — Cérebro reclamou. — Você e o sistema musculoesquelético são os perdulários. Só gastam! Não quero ouvir nem mais um pio, ou um chiado, uma tosse... o que for!

— O maior perdulário é o senhor, que consome trinta por cento de toda a energia! — Coração acusou.

— Consumo mesmo! Sou o chefe. Mas também faço economia durante a noite — Cérebro defendeu-se. — Ainda com esse horário de verão, durmo uma hora a mais!

— Lá vai a dor da fome! — Estômago voltou a reclamar.

— Isso passa em no máximo três horas! — Cérebro riu. — É o jejum prolongado, ou você pensa que aquela população pobre fica com dor de estômago o tempo todo?

— Eu me rendo! Você é o todo-poderoso. Mande alimentos quando puder! — Estômago resignou-se.

21.

DANIEL, O FRENTISTA

Acostumado a abastecer meu veículo sempre num mesmo posto, eis que um dia aparece Daniel, um frentista novo, jovem e simpático, pequenino, quase calvo. Migrante nordestino de uma simpatia contagiante. Fomos aos poucos nos conhecendo à medida que ia abastecer o carro. Ele mora na periferia da cidade e tem dois filhos pequenos. Trabalha com afinco e alegria, sempre cantarolando: pela manhã como frentista; à tarde faz salgados. Sempre me chamou e chama de Silvio Luiz, nunca de doutor. Quando passo do outro lado da avenida, fica gritando meu nome e chacoalhando os braços. Quando não vou ao posto, pensa que estou bravo com ele. Já disse que iria trazer salgadinhos sem eu precisar pagar, para fazer uma festa!

O mais comovente foi no Natal. Ele me perguntou onde eu iria passar o Natal.

— Em casa com minha esposa, já que minha família é pequena e meus filhos estão longe.

— Pois então vá lá em casa. Nós somos pobres, mas farei uma ceia gostosa.

Eu falei que iria pensar e não fui, mas me arrependo. Deveria ter ido.

Outra curiosidade é que contei a Daniel que estava indo ao dentista. Ele me disse que nunca tinha ido ao dentista, e que escovava os dentes uma vez por semana!

— Em que dia é que escova? — eu lhe perguntei.
— Que dia é hoje? — ele retrucou.
— Hoje é segunda-feira!
— Então é hoje, Silvio Luiz.

Ele também nunca teve cáries ou dor de dente; nem sabe o que é isso!

Daniel, homem rico e honesto. Ficam aqui meus agradecimentos.

22.

DESOCUPADOS

Gosto muito dos comentários de economia e política. Dou muita risada das repórteres que ficam o dia todo na porta de algum palácio esperando notícias (fofocas) para dar em primeira mão do alto dos seus saltos. À noite, já estão com olheiras. Pudera! Às vezes, chamam os seus parceiros em Nova York, Paris, Londres, Veneza para comentarem o assunto. Gosto muito dos palpites diversos, pois me lembram de muito horóscopo.

As notícias sobre economia também são boas, um gráfico que sobe e desce. Dependem se a presidente soltar um *flatus* ou se o ministro tal disser uma bobagem qualquer.

Aí sim falam em desemprego, a melhor parte:

— O número de desocupados é de dez por cento.

Adorei esse termo, *desocupados*, pois conheço muita gente que não trabalha e também não está procurando emprego. Então, as estatísticas são maiores!

Como diria o prefeito da ficção de Dias Gomes: "Na minha cidade não tem desemprego. O que tem é gente procurando emprego"!

23.

DINHEIRO

Dizem que não traz a felicidade, mas a falta dele traz o quê? O mau uso dele nos torna miseráveis. O desempregado, e não o desocupado, pode dizer:

— Me dá o seu e seja feliz!

Uma coisa é certa: sem ele não dá para viver dignamente.

24.

DUREZA

Fomos contratados para levar um paciente acamado a uma festa. Os amigos se reuniram e se cotizaram para realizar tal festa. O pior é que o paciente não sabe, mas o médico disse aos amigos que ele tem só mais dois meses de vida! Seria então uma festa de despedida da vida desse alguém. Como alguém pode pensar em fazer uma festa de despedida para uma pessoa que vai morrer? Vai ter bolo?

Se o paciente souber que vai morrer, não vai faltar um sem noção que pedirá para dar um recado a um amigo ou parente morto!

Imagino que todos sejam nobres e alegres, de quem não escape nenhuma informação; afinal, o médico também não tem bola de cristal. Pode ser que a festa nem aconteça porque está marcada para daqui a quinze dias.

Nos anos em que não contávamos com um arsenal terapêutico e tecnológico tão grande, conheci um paciente que foi ao médico e foi desenganado também.

— Você só tem dois meses de vida — avisou o médico.
— Vá à praça, respire ar puro e aguarde.

O paciente seguiu à risca a determinação médica e esperou os dois meses na praça. Como nada aconteceu, e ele não morreu, resolveu ir comprar um revólver para matar o médico! Não foi às vias de fato, porém.

Cuidado com as palavras. Elas podem mudar o rumo da sua vida.

25.

EDUCAÇÃO

Tenho uma notícia importante: "acabou a educação!". Isso mesmo, *Breaking News*. Notícia antiga, mas resolvi dar. Não sou jornalista como meu amigo, mas acho que deveria dar: "dá licença", "com licença", "muito obrigado" e também o tão educado "por obséquio" foram abolidos. Também "bom dia", "boa tarde" e "boa noite".

Ninguém mais se importa com eles. Não servem para nada, a não ser nas redes sociais e nos e-mails, em que as pessoas querem se mostrar educadas ou não, no caso de terminar um e-mail mal-educado com as palavras "tenha um bom dia!". Mas como?

Em outras situações, como no ônibus ou metrô, em que as pessoas andam com enormes mochilas nas costas — a casa delas deve estar ali dentro —, o "com licença" ou e o "por favor" não funcionam mais. Mães com bebês no colo e idosos também, quando querem se sentar, passam por essa situação. As pessoas ignoram, fingem que não é com elas ou estão com fones de ouvido.

Não se pode falar que é o fim da picada! Tem o *Aedes*.

26.

ELEVADOR

Também chamado de ascensor; e por que não descensor? A título de curiosidade, foi inventado nos moldes atuais por Otis e Schindler, pois os romanos já tinham os seus!

O primeiro no Brasil foi instalado no prédio do Instituto de Manguinhos.

Pensei em elevador, porque é meio sociológico. Antigamente, você iria ao vigésimo primeiro e entravam crianças ou adultos mesmo. Apertavam todos os botões. Hoje, são inteligentes e desligam todos se forem apertados. As pessoas à espera do elevador apertam os dois botões: subir e descer! Piora, porque ele para na subida ou na descida, e ainda perguntam:

— Está subindo ou descendo?

Às vezes, para não ficarem sem graça entram e dizem:

— Assim eu passeio um pouco.

Ou então:

— Vou aproveitar!

Aproveitar o quê?

Em Portugal apertei o botão para "chamar"(considero errado essa palavra) o elevador e ele parou. Dentro dele havia um senhor português nativo, ao qual perguntei:
— Este elevador está subindo ou descendo?
— Meu senhor, este elevador está parado! — ele me respondeu.
E não é que ele tinha razão!?
Existem também aquelas pessoas impacientes apertando o botão sem parar, como se o elevador fosse chegar mais rápido. O máximo que pode acontecer é quebrar o botão. Também não falamos da lotação máxima de um elevador. Sempre entra mais um cara de pau. O elevador inteligente não vai a lugar nenhum com aquele peso. Aí um fica olhando para a cara do outro, incriminando o gordinho com olhares. Alguém diz que tem que descer um, então todos ficam parados e imóveis até que o cara de pau que entrou por último sai. Se este não se mover, aí sim o gordinho sai resmungando, dizendo que vai no próximo. Na hora de sair, nosso povo civilizado sai às cotoveladas e aos empurrões, misturando-se àqueles que querem entrar.
Em países civilizados vemos que as pessoas não ficam na porta do elevador, de trens ou metrôs. Deixam um corredor para que todos desçam e entram civilizadamente só depois que o último passageiro desceu. Até o gado mais educado entra em fila no curral!
Há aquelas pessoas que mesmo com as mãos livres pedem para você apertar o botão do elevador! Você aperta e acha que foi gentil, mas contaminou-se com milhões de microrganismos do botão. Lave as mãos! Donald Trump nunca aperta botões. Quem tem toque por microrganismos sabe.

Só um intervalo... Os Estados Unidos são governados pela Disney: o presidente é o Donald e o vice é o Mickey!

Voltando ao elevador, tem gente que peida no elevador. A pessoa está sozinha e acha que não vai entrar mais ninguém. Aí faz a porcaria e o elevador para! Entra um monte de gente. Que vergonha! Também há aqueles que gostam de andar sozinhos, que correm e apertam para fechar a porta rápido porque tem um monte de gente chegando. Gente que entra com carrinhos de bebês e passam em cima dos seus pés!

Essas máquinas são maravilhosas e contribuíram sobremaneira para a quantidade de obesos e preguiçosos no mundo. Existe gente que o pega só por um andar! E ainda descendo...

27.

ENFERMAGEM

Dou tanto valor a essa linda profissão. Desde sua invenção, por Florence Nightingale, durante a Primeira Guerra Mundial. Ela dizia que a enfermagem é a mais bela das artes e requer devoção e preparo rigoroso! Eu acrescentaria também que necessita de compaixão. Quem não gosta de pessoas não deve se aventurar a trabalhar com elas. Que use máquinas!

Florence dizia que gostava de trabalhar à noite, pois o escuro amedronta os enfermos. Saía com uma lamparina procurando os doentes durante a guerra. Daí o símbolo de a enfermagem ser uma lamparina tipo a lâmpada de Aladdin. Como médico, sei que a maioria das doenças piora à noite. Por vezes, até esperamos sintomas aparecerem à noite, como a febre.

Florence também escolheu o branco para transmitir paz aos aflitos.

No Brasil, a nossa pioneira foi a baiana Ana Justina Ferreira Néri, que se tornou voluntária durante a Guerra do

Paraguai. Juntamente com as freiras, ela cuidou de aproximadamente seis mil soldados. Uma heroína mesmo.

Existia uma menina pobrezinha que morava num sítio no interior. Aos doze anos, já se vocacionava para a profissão de enfermeira. Como vivia no campo, cuidava de feridas e dos machucados do pessoal, retirava espinhos do corpo, entre outras coisas.

Certa feita, seu cãozinho vira-latas Jupi atravessou uma cerca de arame farpado e fez uma ferida no abdômen; um rasgo mesmo. Seu avô deu-lhe ordens expressas:

— Menina, costure a barriga do cachorro e ponha creolina!

Naquela época a creolina vinha importada em latas da marca Person! A menina fez um chuleio no abdômen de Jupi, que se manteve quietinho. Colocou creolina e Jupi saiu em fuga pelo mato em velocidade. A menina não sabia que tinha que diluir a creolina!

Com o sumiço de Jupi, a tristeza adveio e a menina pensou que fizera algum mal a Jupi com a creolina!

Passaram-se quinze dias e, já sem esperança, eis que apareceu Jupi correndo para ela. Os pontos haviam cicatrizado e no local da creolina só haviam caído os pelos. Feliz de novo!

Essa menina cresceu, foi à cidade, estudou enfermagem e durante cinquenta anos cuidou com vontade, esmero e dedicação dos pacientes, desde o recém-nascido até o velhinho.

Isso é que é compaixão e dedicação. Parabéns...

28.

ENGRAÇADO É SER GORDO

Apesar de os médicos dizerem o que dizem sobre doenças e blá-blá-blá, o legal é ser gordo mesmo! Não que esteja fazendo apologia, mas como na história e no cinema os gordos são os legais! Já notaram que quando emagrecem perdem a graça e, no caso de certos comediantes, até o emprego! Alguns chegam a perder seus parceiros de dupla no riso.

Ser um gordo legal é fazer piada sobre si mesmo e não ligar para a dos outros. Isso é que dá graça.

Há muitas mulheres que vão ao médico e dizem:

— Doutor, estou me sentindo gorda, flácida. O que é que o senhor acha?

— Eu acho que você tem razão!

— Tenho que tomar alguma coisa para emagrecer, doutor. Poderia me dar uma receita?

— Sim. Tome jeito ou tome vergonha nessa cara.

Gordo não é legal para algumas situações. Por exemplo: se estão entrando no banheiro do avião de frente é porque vão fazer o número um. Ah, mas se entram de costas, aí é o perigo, pois vão fazer o número dois. Sabem, até acho que é exagero, mas se o banheiro está fedido, foi o gordo! Se tem pum no elevador: "Foi o gordo"! Os médicos dizem que temos um quilo e meio de bactérias no intestino! Imaginem os gordos!

Ser gordo é engraçado, mas complicado para tudo: amarrar sapatos sem ter falta de ar, passar em roleta de ônibus, sentar-se no avião e pedir prolongador de cinto de segurança. O pior é o passageiro espremido ao lado!

Como dizia o Jô: "Viva o gordo". Complemento: abaixo o regime!

29.

ENSAIOS SOBRE A BURRICE HUMANA

A burrice é definida como falta de inteligência. Por que um animal que esteve presente na manjedoura e serve tanto ao homem agreste vira sinal de falta de inteligência? Derivados do cruzamento de um cavalo com uma jumenta ou de uma égua com uma besta são animais estéreis. Isso foi só para ilustrar. Não posso perder o foco.

Como médico, classifico a burrice:

1) Inconsciente, recidivante e insidiosa. O burro não sabe que é. Ela vai aumentando gradualmente durante vida.

2) Contagiosa. Pega mesmo! Um inteligente trabalhando com burros fica burro. Não há vacina conhecida. O tempo de incubação é desconhecido e pode cronificar.

3) Genética. Passa de pai para filho e gerações.

4) Crônica. Como o nome já diz, não tem jeito, cura nem remédios.

5) Aguda. Esta acontece em surtos e é muito grave, cujo efeito é devastador na vida das pessoas. As outras nunca mais a esquecem.

Falando um pouquinho de história, ao receber o Prêmio Nobel de Medicina de 1962, James Watson disse que a burrice é uma doença e tem cura. Falou que essa cura seria genética, mas eu acho improvável. Já o psicólogo italiano Luigi Anolli disse que a burrice é a pior das doenças por ser incurável.

Existem frases ótimas sobre o assunto:

"Só sei que nada sei." (Platão e Lula)

"Contra a burrice até os deuses lutam em vão." (Schiller, alemão ateu)

"A burrice se coloca na primeira fila; a inteligência, na retaguarda para se ver." (Bertrand Russell)

"Toda unanimidade ou a maioria é burra." (Nelson Rodrigues)

"Há tantos burros mandando em homens inteligentes que, às vezes, penso que a burrice é uma ciência." (Ruy Barbosa)

"A burrice no Brasil tem um passado glorioso e um futuro promissor." (Roberto Campos)

"Invejo a burrice por ser eterna." (Nelson Rodrigues)

"A estupidez humana é a única coisa que dá a ideia do infinito!" (Ernest Hemingway)

"A água que um burro suja nem mil sábios conseguem limpar." (Judeu boliviano)

"O Brasil é uma nação de espertos que, reunidos, formam uma multidão de idiotas." (Gilberto Dimenstein)

Agora vou falar sobre a tecnologia, que nos deixa cada vez mais burros. Ninguém mais sabe de cabeça o telefone de ninguém, nem contas simples de tabuada! Então são essas as tecnologias que vão nos deixar, vamos dizer assim, menos espertos: GPS, calculadora, smartphones (só eles são smarts), corretor automático de texto, multitasking. Existe ainda o iPod, que deixa o burro surdo.

Não entendo também esse negócio de nuvem. Na minha época era *stratus*, *cumulus* e *nimbus* (sou burro nesse assunto). Quanto ao GPS, é uma tecnologia que nos deixa burros, e muitas vezes são burros também, pois nos fazem ficar rodando em círculos!

Faça ginástica cerebral, pois dizem que ajuda a melhorar.

Tome banho de luz apagada e olhos fechados! Pelo menos ajuda na conta de luz. Sugiro também o banho frio e o cuidado com o sabonete.

Use a mão que não se usa: os destros, a esquerda; os sinistros, a direita. Cuidado com o sexo solitário.

Ande de costas. Melhora a forma física ou te leva a um ortopedista.

Tente descobrir os ingredientes dos pratos em restaurantes esquisitos: hindu, vietnamita, tailandês, coreano etc.

Mude os objetos da casa todos os dias. Já pensou na geladeira na sala?

Faça refeições cada dia num cômodo. Sei lá, no jardim, na garagem, no quarto e no banheiro.

Leia todo dia algumas palavras no dicionário (ninguém mais tem).

Faça palavras cruzadas.

Memorize a lista de compras e os telefones da agenda.

Backup cerebral.

Aviso importante: se todos esses exercícios não ajudarem, não se importe, pois não terá consciência do seu estado mental. Não terá consciência de que é burro!

30.

EPITÁFIO E DEFUNTOS

O termo epitáfio vem do grego e significa: "sobre o caixão". Antigamente, era colocado em versos e prosas em placas que contavam os feitos e enalteciam tal defunto. Atualmente, nem tanto. Só percorrendo cemitérios antigos para conhecer algum defunto! Tem até uma música dos Titãs muito linda chamada "Epitáfio".

Os brasileiros gostam tanto desse nome que o dão a pessoas. Alguns epitáfios são lindos e honrosos como os de Isaac Newton — "É uma honra para o gênero humano que tal homem tenha existido" —, de Mario Quintana sobre Fernando Sabino — "Nasceu e morreu menino" —, ou de Cazuza — "O tempo não para...".

Vamos aos engraçados e jocosos:

"Não disse que estava doente?" (do hipocondríaco).

"Bati as botas!" (do sapateiro).

"Acabou-se o que era doce!" (do confeiteiro).

"Abotoei o paletó de madeira [pode ser o pijama; tanto faz]!" (do alfaiate, marceneiro).

"Fui para o bico do corvo ou urubu [versão tupiniquim]!" (do observador de pássaros ou gari).

"Segurei nas barbas de São Pedro!" (do clérigo).

"Fui para a cidade do pé junto!" (do corretor de imóveis).

"Fui me encontrar com o urso!" (do esquimó).

"Aqui jaz uma pessoa intencionalmente intoxicada por chumbo!" (do assaltante).

"Estou aqui contrariado!" (do boêmio).

"A festa acabou!" (do José de Drummond).

"Que viagem louca!" (do dependente químico).

"Deixo a vida para entrar na história!", ou "Deixou um pijama listrado furado..." (do Getúlio).

"Essas são as minhas últimas palavras!" (do escritor).

Continuarei cronicando...

31.

FALANDO DE MORTE NOVAMENTE

A morte ficou tão banalizada que às vezes não dura um sopro, quando muito. Vemos isso no teatro, no cinema e na televisão. Sem contar esses videogames das criancinhas, de guerras e banais. Matam-se soldados e reféns por engano, além também de você morrer no jogo. Agora, com essas câmeras por aí, a morte passa em telejornais o dia todo, tanto em guerras quanto por violência urbana. As pessoas assistem e não ligam mais!

Que vida é essa?!

32.

FORA DO TRILHO

Os "foras" são mais comuns do que pensamos e não tem saída ou resposta que os conserte. Vamos aos exemplos.

Uma vez passei visita em um quarto em que havia um velhinho e uma moça. Examinei-o e com educação chamei a moça para fora do quarto a fim de explicar o caso:

— Escute, o caso de seu avô é o seguinte...

Ela nem me deixou falar e já me interrompeu:

— Não é meu avô! É meu marido!

Outra é de um amigo meu casado com uma mulher mais jovem no shopping.

Em uma loja, ela foi ao provador e o vendedor disse:

— Aquelas roupas vão ficar lindas na sua filha.

— Não é minha filha! É minha esposa — ele falou.

Houve um casal que conhecemos, os dois lindos, magros. Passados seis meses, nos encontramos e ela havia engordado muito, acredito que uns trinta quilos. A conversa se seguiu, e eu pisando em ovos para não falar nos quilos a mais. A moça disse que estava fazendo faculdade de Educação Física e que demoraria três anos. Eu falei... aliás, escapou:

— Que bacana! Assim dá tempo de você emagrecer!

Na época da secretária eletrônica, uma velhinha que chegara em casa após o enterro de seu marido viu que uma mensagem fora deixada por engano. Foi a seguinte:

— Amor, já cheguei, viu? Você virá amanhã. Traga pouca roupa que aqui é muito quente.

O desmaio foi inevitável.

Fui ao cinema num domingo qualquer e ao pagar o ingresso fiquei intrigado. *Hoje está mais barato!* Então, indaguei à recepcionista:

— Hoje tem alguma promoção?

— Maior de sessenta anos paga meia! — Foi a resposta.

Eu só tenho cinquenta e cinco e minha esposa, cinquenta. Acho que foi ela quem pagou o pato, mas fiquei quieto e engoli o sapo. É lógico que não mostrei minha identidade. Afinal, uma vantagenzinha, coitado do Gerson!

Outro enfermeiro que conheço disse:

— A bengala não ficou boa para seu pai?

— Ficou sim, mas é meu esposo!

Isso vai acontecer sempre...

33.

FUGAZ

É melhor um amor fugaz do que um ódio perene.

Existem flores e frutas perenes. Outras, fugazes até demais.

A vida pode ser perene, por vezes... fugaz.

A morte pode ser perene ou fugaz.

A brisa é fugaz.

O furacão já é entre os dois!

O Universo certamente é perene.

Já a Terra é perene, mas chegará o dia em que chegar ao fim será fugaz!

Existem muitas coisas a pensar... Se são perenes ou fugazes, cada um terá sua opinião. São elas: o mistério, o segredo, o encantamento, a magia, o fogo, a febre, a amizade, os colegas, a compreensão, o querer, a intriga, o medo, a raiva, o eu...

34.

GENERAL LOPES

Lopes era um sujeito sempre sisudo mesmo antes de entrar para as Forças Armadas, daqueles cujo semblante parece sempre nauseado ou com azia. Tinha no máximo um metro e setenta. Se colocasse um salto carrapeta, melhoraria um pouco.

Era a época da ditadura militar. Entrou para o Exército e formou-se Tenente. Muito dedicado à caserna, sua companheira até os dias atuais é uma pistola Colt quarenta e cinco.

Casou-se e teve dois filhos, a quem deu educação com os mesmos princípios do Exército. A mulher também teve de se engajar às fileiras. Por causa de sua competência, ele foi logo promovido a Major.

As mudanças eram constantes em sua vida em virtude das transferências. Ora estava no frio e gelado Sul, ora na selva amazônica. Preparava-se sempre para a guerra. A família sempre sofria com as constantes mudanças, residências, colégios etc.

Numa dessas passagens pelo Sul, Major Lopes adquiriu um consórcio de um carro e a empresa estava enrolando para entregar o bem que ele havia quitado. Segunda-feira de Carnaval e Lopes resolveu ir à empresa, e explicou o caso ao atendente. Todo fardado e de posse de sua quarenta e cinco.

— Meu senhor — disse o atendente —, não conseguiremos o cheque administrativo que o senhor quer. Hoje é segunda-feira de Carnaval.

— Aguarde lá fora que isso aqui vai demorar bastante! — Major Lopes disse ao ajudante de ordens.

Sem pestanejar, tirou sua quarenta e cinco do coldre e a colocou em cima da mesa do recepcionista.

Demorou um pouquinho, mas Major Lopes saiu com seu cheque administrativo. Na saída, tirou a primeira bala do pente de sua quarenta e cinco e a deu ao recepcionista, dizendo:

— Guarde bem essa bala, meu rapaz. Guarde pela vida toda, pois sua vida está dentro dela!

Com suas, digamos, "qualidades" para a caserna, galgou postos e chegou a General. Certa feita, mandou pintar sua residência e, ao término, notou o desaparecimento de seu relógio Omega.

Pensou, pensou: *Foi o pintor!* Pensou mais e chegou à conclusão de que foi o ajudante do pintor. Pegou seu carro e chegando à favela bateu à porta. O auxiliar de pintura atendeu e General Lopes apontou sua .45 para a cabeça dele, dizendo:

— Devolve meu Omega!

E não é que apareceu?! Sua intuição estava certa.

Agora velhinho, quer vender sua .45, mas ninguém consegue legalizá-la.

— Preparei-me vinte e cinco anos para uma guerra que nunca houve!
— General Lopes, o senhor era violento? — perguntei-lhe.
— Violentíssimo, meu filho...

35.

GENTE FANTÁSTICA

Pessoas são pessoas! Em qualquer parte, por onde caminhe, existem. Mesmo nos ermos. Não há igual a outra. Não estou dizendo como gêmeos idênticos. Mas o mais bonito deste mundo são as diferenças. Como tem gente que não entende o outro? Por sua cor, hábitos ou religião. Às vezes, moram longe; outras, são vizinhos mesmo de pais, paredes, teto ou chão. Somos tão diferentes e isso nos faz especiais. Deixe pra lá pedras e paus para revidar o ódio dos seus tataravôs. Você é diferente.

Viva a diferença!

36.

HOMEM BIÔNICO

Lembro muito bem que havia quarenta anos surgia o seriado do homem biônico, e eram só seis milhões de dólares; uma pechincha para a corrupção atual. Na aula de Química Inorgânica, o professor estava falando sobre os íons e cada vez que virava de costas para escrever algo no quadro negro vinha uma voz:

— Professor, o que é biônico?

Lá ia outra:

— Professor, o que é triônico?

O professor virava-se, mas não conseguia identificar o indivíduo. Até que nova pergunta surgiu da mesma maneira:

— Professor, o que é triônico?

De saco cheio, o professor virou-se para a classe e disse:

— Triônico é tua mãe e mais três!

INFINITO

Infinitas são as verdades.
Infinita é a alma.
Infinito é o mérito.
Infinita é a saudade.
Infinitos são os sonhos.
Infinito é o pensamento.
Infinita é a memória.
Infinitas são as ilusões.
Infinita é a sinceridade.
Infinitos são os números.
Infinito é Deus.
Infinito não tem começo.
Infinito não termina.

38.

INIMIGOS ANTIGOS

Que saudade do amarelão, doença que se combatia usando botas ou sapatos. Isso foi retratado por Monteiro Lobato como campanha de prevenção, em que o Jeca Tatu e todos os animais do sítio — porcas, vacas e galinhas — estavam de botas! Também teve a gonorreia, que, depois da invenção da penicilina, não causava medo em ninguém. A tísica ou tuberculose estava sendo erradicada. Existiam hospícios para esquizofrênicos e afins; hoje, eles estão soltos matando pessoas como o cartunista Glauco e seu filho. A justiça os solta para outros crimes.

Aí, com a vida moderna e a liberdade sexual, surgiram o HIV e gripes, guardados por anos em macacos africanos ou aves asiáticas. Por que os macacos e as aves tupiniquins não guardam viroses para nós? Só as capivaras, os tatus e os caramujos guardam doenças exóticas; nosso macaquinho guarda a febre amarela silvestre. Também surgiram doenças novas cujo causador ninguém sabe e para as quais não há cura. Doenças da mente, síndrome do pânico, pensamento acelerado etc.

Na época do amarelão não se dava muita bola para a hipertensão. Hoje, vivemos uma epidemia dos sem rins. Não temos apenas os sem-terra e os sem-escolas, mas também os sem-rins. Maltratamos esses pequenos filtros de apenas 130 gramas. Usamos anti-inflamatórios indiscriminadamente, diabetes e hipertensão são malcuidados por anos... Daí temos os sem-rins!

Há uma clínica de diálise em cada esquina. Dá dinheiro, hein! Parece igreja evangélica! Esses pequeninos órgãos merecem ser tratados como verdadeiras joias. Como tudo, só damos valor a eles quando os perdemos. Compre 130 gramas de presunto e veja como isso não é nada.

Para choque geral, sugiro que visitem uma clínica de diálise onde aqueles sem-rins ficam sentados numa cadeira filtrando seu sangue três vezes por semana, numa parafernália enorme que faz a função de seus pequeninos rins. Ah, e como se sentem mal!

39.

SEBASTIÃO

Já passei por tanta coisa nesta vida de meu Deus, apesar de pouca idade... Tento agora lembrar. Tantos sonhos. Tanta esperança. Eles se perderam, mas não faz mal. O agora tanto faz... Dos momentos mais difíceis eu me lembro muito bem. Minha memória anda fraca, ainda bem... Nesta vida há interesses. E não sabem, ela é uma só! O que deixo é o que fiz. De ruim ou de melhor... O aprendizado é difícil porque o mal é muito mau. Deus fez tanta coisa. Fez o mel e o fel, dos quais eu já provei. Hoje estou ao lado do mel, mas às vezes acontece a tentação... Pedacinho de fel, amarga pouco tempo, e consigo superar. Essa dor não tem problema, já que posso aguentar.

Aonde andei, onde estive, o que vi, o que ouvi... Ninguém tira, ninguém rouba. Posso não deixar sair... Uma coisa é muito certa: só tentei fazer bem o bem. Juro que não lembro se fiz mal a alguém. As pessoas não entendem, não agradecem o bem que lhes fiz. Não é isso que procuro. O meu ser não liga; tanto fez e tanto faz.

O viver é muito estranho, dia ruim, dia pior. Sou grato por esses dias. A velhice vem chegando. Chega de manhã, quando acordo, e sinto alguma dor. Ah, que bom que estou com dor, é um bom sinal. Estou vivo! Essa mesma velhice continua pela tarde nesses dias modorrentos de notícias sempre iguais. Nada acontece! À noite, quando durmo, é que a velhice faz uma trégua. Parece que, por vezes, não quer incomodar: "Vou esperar pela manhã e pego ele logo cedo".

Homenagem a Sebastião Rodrigues Maia.

40.

JOSÉ
(HOMENAGEM A CARLOS DRUMMOND DE ANDRADE)

E agora?
O País acabou.
Eles zombam de nós!
Não protestamos!
E agora?
O ônibus quebrou.
Em jejum sempre estamos.
O dinheiro não dá!
E agora?
Foge quem pode.
Talvez morrer!
O dia só esquenta.
Os empregos nunca vêm.
As crianças só choram.
Utopia fica na utopia.
Mas e agora, Josés?

41.

LEITE

Pode ser um produto das glândulas mamárias femininas e das fêmeas dos mamíferos, ou de árvores como a seringueira, a coroa-de-cristo e a curupitã, e de frutas como o coco, o figo e o mamão verde.

Também há o leite de grãos de soja e o famoso leite de rosas.

Aqui no Brasil a vaca produz leite A, que pode ir para B ou C. Os de pacotinho, lembram? Estava escrito: "válido até quinta", e hoje era quinta!

Se for puro da vaca *in natura* e caso não seja fervido — método inventado por Pauster –, conterá bactérias e poderemos ficar doentes. Minha avó portuguesa, que não conheceu Pasteur, fervia o leite *in natura* por três vezes. Só assim deixava tomar. Belos tempos aqueles em que existia a água mineral Camanducaia em garrafa de champanhe com tampinha com rolha.

Hoje, todo nenê que nasce e não toma leite materno tem alergia a leite! Então, os pediatras vão de leite em leite até acertar um. Muitos chegam a preços absurdos e o nenê toma uma lata ao dia. Quem mandou ser pobre e alérgico! Esses dois juntos, credo, e já nasceu estigmatizado. Isso se não for picado por mosquitos. Aí piorou.

Bom, lembro o tempo da pediatria, em que o liquidificador era proibido e falávamos para a mãe usar a peneira e fazer a sopa do nenê com três cores de legumes e ir variando. Cenoura, beterraba e abobrinha, e por aí vai...

Também recebia das mães e avós muitas queixas:

— O nenê não faz cocô!

— Isso é porque mama no peito e absorve tudo de bom. O leite é específico para sua cria.

Ou:

— O nenê faz muito cocô!

— Isso se deve ao fato de estar tomando leite de vaca, que tem ingredientes para fazer cascos, couro e chifres. Isso tem de sair no cocô, pois o nenê não usa esses elementos. Apesar de que alguns desenvolvem chifres e cascos, mas é na idade adulta e isso não tem a ver com o leite.

Saudade do leite de mãe e de vaca; quando muito, o de cabra. Passaram-se os anos e encontrei meu pediatra velhinho, na UTI, aos 90 anos, mas com a consciência límpida. Fiz-lhe uma pergunta:

— Doutor, que leite que eu tomo agora?

— Qualquer um! — ele retrucou.

Aceitava brincadeiras.

42.

LEMBRA, LEMBRA...

Não é aquele sapato velho da música do Roupa Nova*. Lembram-se da fita K7? Até hoje não sei por que se chamava assim! Colocávamos no aparelho e degustávamos as músicas dos nossos ídolos até chegar o fim da fita. Aí, tinha que retirá-la e virar ao contrário para ouvir o lado dois. Por vezes, enroscava e lá a salvação vinha. As canetas BIC pareciam ter sido feitas para aquilo. Pronto, estava tudo normal até... a chegada de um aparelho revolucionário: o autorreverse! Essa maravilha tecnológica fazia-nos ficar horas e horas escutando as mesmas músicas sem parar. Também, nesse momento mágico de nossa vida, surgiram as fitas virgens e você podia fazer o próprio *playlist*. Ficávamos ligados na rádio com as fitas no ponto, apertando os botões rec, pause e play até começar a música desejada. Torcíamos para que o locutor não entrasse nem no começo nem no fim da música

---

* Referência à música "Sapato velho", interpretada pela banda Roupa Nova.

para gravá-la inteira. Também calculávamos quantas músicas caberiam na fita para não acabar no meio!

O videocassete foi outra febre. Ver filmes do cinema em casa, que maravilha tecnológica! E, se não rebobinássemos a fita, pagaríamos multa. Havia gente que tinha máquina de rebobinar em casa!

Fui tirar foto para o RG, o meu primeiro. Tinha que ser de terno, e com data. Lembro-me do fotógrafo que tinha um pano imitando terno, em que se punha a data também. Bons tempos.

43.

LEMBRAM-SE DO MEU AMIGO *NÓIA*?

Pois é, deixou o crack, mas não parou definitivamente com as drogas. Arrumou um emprego e um lugar para ficar. Está indo bem, engordou, arrumou os dentes. Ficou bem apresentável. Trabalhava todos os dias e à noite ia para casa religiosamente. Assistia às novelas, mas o sono não vinha. Tinha então que fumar maconha para dormir. Não antes de se encher de doces! Ofereci-lhe remédios para dormir, mas disse:

— Eu, hein?! Já usei tanta coisa. Agora ficar dependente de remédio? Prefiro a maconha, que é natural.

E assim foi.

Um dia, decidiu plantar uma sementinha num vaso. Ela pegou e ele, contente de alegria, cuidava dela com amor e carinho como se fosse um bebê! Até que um dia chegou em casa e a plantinha estava murcha. Tentou pôr água, escondeu do vento, mas nada. Estava em óbito mesmo. Ele até chorou.

Decidiu então que queria plantar a *Cannabis* e ser produtor para seu consumo. Viu na internet uma miniestufa fabricada na Holanda (só podia ser) e pediu a uma prima, que morava na Europa, que comprasse. Quando pudesse, ela traria.

O *Nóia*, muito ansioso, contava os dias, já que dependia do fornecimento de traficantes. A miniestufa servia na Europa, que tem clima frio em muitos meses do ano, para plantar hortaliças, mas havia esse desvio de função! Com medo de enviá-la na caixa, a prima mandou em partes, as quais foram chegando. Enfim, estava montada a parafernália, com suas lâmpadas e aquecimento. Não funcionou. Faltou um pedaço, como na música de Djavan*. Não teve harmonia. O sonho foi para o espaço. O pedaço se perdeu e não vendia separado. Desistiu de entrar para o Incra.

Desistiu e continuou com sua vida de trabalho diurno e maconheiro noturno, até que... a polícia do Rio intensificou o combate ao tráfico nos morros e invadiu até o Morro do Alemão. Acabaram os fornecedores; quando achava, era muito cara...

Meu amigo *Nóia* ficou careta, como eles dizem. Num sábado qualquer resolveu:

— Se eu for à seita do Santo Daime, eles me dão um chá alucinógeno e eu fico na boa.

Assim se fez. Ele pegou o ônibus e foi. Era muito longe, na zona rural mesmo. Teve que ir de branco. Lá chegando, obrigaram-no a sentar-se num terreiro redondo. Ele, louco para tomar o chá. Foram duas intermináveis horas de palestras e falação. Ele já não aguentava mais. Queria era o chá e logo. Prontos, serviram o chá e deram uma vela acessa para

---

* Referência à música "Faltando um pedaço", de Djavan.

cada um ficar rodando no terreiro, entoando sons que não entendia. Por fim, saiu da roda e deitou-se, passando a ter vômitos incoercíveis.

Terminada sua experiência com o Santo Daime, pegou o ônibus de volta ao Rio achando que não estava mais careta. Desceu no ponto errado, ainda na área rural, e começou a ver avestruz, zebra, girafa. Sentou-se no chão para rir:

— Meu Deus, mas que viagem poderosa!

Chegou em casa e tudo ocorreu normalmente.

No dia de trabalho, contou da viagem e seus amigos logo disseram:

— Você desceu do ônibus num ponto em que há um sítio. Nesse sítio há um minizoológico. A viagem era verdadeira!

44.

MAIS DO MESMO

Faz algum tempo que penso que tudo é mais do mesmo. Na moda, por exemplo: este ano o verão é azul, rosa, amarelo... Os anos vão passando e essas cores vão se alternando. Assim também acontece com o estereótipo feminino e as roupas. É um vai e volta que vou te falar.

Nada se cria, tudo se copia. É um vaivém de anos: 30, 40, 50 etc. Mudam apenas os tecidos e os produtos de beleza. Ah, mas ainda vejo mulheres com bobes na cabeça!

Na televisão é a mesma coisa, sempre os mesmos autores até morrerem; por vezes, arrumam assistentes. As novelas são extremamente previsíveis. É o filho de um senhor que se apaixona pela filha de seu maior inimigo, e aí surge a trama. Mudam só a época e os lugares, que vão do Sul do país até o Norte e o Nordeste. Todos com suas tradições e costumes. Às vezes a primeira semana da novela é produzida no exterior para dar mais pompa e circunstância.

Dependendo do horário, já fizeram de tudo: beijo gay, lésbicas novas e velhas, adoção pelos gays, barriga de aluguel, racismo e bullying. Tudo isso é mais do mesmo.

Nos anos de 1960, na escola, por ser alto eu fui apelidado de Huguinho, que era um pato grande e bobo dos desenhos que sempre salvava os pequenos do lobo. Roubavam meu lanche às vezes. Nem por isso sinto que esse assédio foi danoso. Hoje rimos, eu e meus amigos de infância. Tinha um amigo do coração que era preto e tinha vitiligo. O apelido dele era vaca malhada. Não se incomodava. Também o chamávamos de negão, que é como o chamo até hoje. Disseram que Monteiro Lobato foi racista, porque numa das histórias do *Sítio do Picapau Amarelo* escreveu *negro*! Ora, naquela época todos falavam assim. O noticiário também, durante o dia, é mais do mesmo. As notícias se repetem o dia todo.

45.

MALDIÇÃO

Uma cidade do Nordeste brasileiro, como outra qualquer, no século XVIII. População de agricultores pobres e dependentes das fazendas cujo proprietário era o Coronel João Bravo. Essa pequena cidade já não possuía a escravidão como mão de obra barata; não vamos dizer grátis, porque os escravos eram comprados. A mão de obra das fazendas era quase que escrava, mal remunerada em trabalho de sol a sol. Coronel Bravo levava com mão de ferro seus empregados. Mantinha seus capitães a fiscalizar a lida. Quem não trabalhasse como uma mula seria punido com castigos. Nessa mesma época havia na pracinha, como em todas as cidades brasileiras, uma Igreja de Santa Catarina, de quem os portugueses gostavam tanto.

Aos domingos, Coronel Bravo e sua família frequentavam a missa, celebrada pelo padre Francisco, que, em seus sermões — meio revolucionários para os padrões da época –, discorria contra a escravidão e contra o trabalho mal remunerado, além dos maus-tratos e castigos enfrentados nas fazendas. Coronel Bravo ouvia sisudo aquilo (sem chapéu, é claro, em respeito). Seus pensamentos iam muito além: *O que farei com esse padre safado?*

Assim foram se passando as semanas e os domingos em que o povo ouvia atentamente os sermões do padre Francisco. Já havia o oba-oba entre a população. Coronel João Bravo decidiu que era a hora de agir. Reuniu o capataz e o capitão do mato e ordenou:

— Nesta noite, vão até a igreja e deem uma coça bem dada no padre Francisco. Não o matem. Levem-no para longe da cidade, muito longe, e digam: "Se voltar, será morto". Só não o mando matar agora porque é pecado. Ah, passem corrente na igreja e espalhem a todos que cada um agora deve rezar nas fazendas e em oratórios. Digam também que o padre se foi. Chamado pelo bispo, ora bolas.

Acreditem ou não, padre Francisco lançou uma maldição sobre a família do Coronel e sobre a cidade:

— A cidade não terá mais pároco enquanto alguém da família do Coronel não for ordenado padre.

Chegamos ao século XXI e a cidade ficou sem padre. Na família do Coronel João Bravo só nasciam meninas e hoje, após quase duzentos anos, um filho adotivo de uma descendente que leva o sobrenome Bravo está para ser ordenado padre. Ele contou sua história e pediu sigilo porque na cidade a maldição é forte. Também, pelas dificuldades que enfrenta para sua ordenação...

Padre Francisco, poderosa língua...

46.

MARIDO FAZ MAL À SAÚDE

Ouvi isso de uma viúva que disse:

— Depois que meu marido morreu, pude fazer muitas coisas.

Comprou um carro novo, foi ao cinema — o que havia anos não fazia —, matriculou-se na ginástica para melhorar a saúde e por fim, uma vez na semana, toma um chope com as amigas.

Intrigado, pensei: *Preciso de mais dados! Mas como obtê-los?* Seria ficar na porta do cemitério no Dia dos Mortos para conversar com as viúvas, uma vez que as mulheres vivem mais? Ou conversar com os geriatras sobre a saúde das viúvas?

Descobri que no Japão as pesquisas avançadas de Koichiro Fujimoto apontaram que as idosas casadas têm mais chance de morrer do que as solteiras! Concluiu também que, para as idosas, a presença do marido seria um suplício emocional.

Também aqui no Brasil a terapeuta Dra. Maria José Araújo disse: "O casamento é um risco para a vida das mulheres". Dra. Maria José Araújo é médica especialista em saúde mental por uma universidade na Suíça. Foi indicada entre 52 mulheres brasileiras para o Prêmio Nobel da Paz. Olha, não é pouca coisa não! Deveria ser indicada para a paz dos solteiros, juízes e advogados!

Também acho isso meio feminista. Preciso de mais dados. Então, a esposa ou a mulher (como queiram) não faz mal à saúde do marido? Conheço várias...

47.

MATUTO NO MÉDICO

— Dotô, estou espirrando muito!
— Há quanto tempo?
— Há muito, seu Dotô.
— Apareceu a febre?
— Pode ter ido, mas não estava em casa.
— Ah! Não tem termômetro?
— Não, essa coisa não. A gente vê o queijo com a temperatura do dedinho.
— Tem tosse produtiva?
— Estou desempregado, seu Dotô, há um ano.
— Eu quis saber se sai catarro!
— Muito pouco, branco.
— Tem atopia?
— Tem duas; aliás, três: uma perto do fogão a lenha, uma no banheiro e o tanque, que acho que conta!
— Eu quis saber se tem alergia.
— Ah, isso não, seu Dotô.

— Você é tabagista?
— É alguma coisa com índio, é!? Isso não tem por aqui.
— Perguntei se você fuma.
— Cigarro de paia de mio cuzida no leite e passada a ferro quente, dois por dia. Dá trabaio.
— É sedentário?
— Tenho muita sede sim, tomo bastante água.
— Não foi isso que perguntei!
— Ah! Já sei, não tenho os dentes, mas tem dentadura em cima e em baixo. Então não sou isso, sem dentário.
— Já teve cardiopatia?
— Eu tive na infância.
— Me conte como foi.
— Meu pai me deu um cachorro de quatro patas e tinha outros três no sítio.
— Meu Deus! Teve precordialgia?
— Corda o quê?
— Deixa para lá. E dispneia, teve?
— Diz o que pneu do carro.
— Também deixa para lá. E falta de ar, tem?
— Não. Aqui neste mundão tá cheio de ar e vento.
— Como está a sua obra?
— Está parada!
— Parada como? Não faz? Mudou de cor? E o cheiro? É melena?
— Não, está parada porque cabô o dinheiro! E tá no reboco ainda. Não mudou a cor, mas tem cheiro de tijolo... Ah, isquici, o Dotô perguntou da minha tia Helena. Ela tá bem.
— A urina está boa?

— Está, seu Dotô. Não espirra muito longe como antigamente e fica pingando no final; alguns pingos vão para cueca. Acho que tem que trocar o corinho, sabe!

— O senhor tem batedeira?

— Não, moço, na roça bate os bolos na mão mesmo, desde o tempo da minha avó.

— Perguntei se o senhor tem taquicardia ou se o coração acelera.

— Taquicardia, não sei o que é, mas meu coração só acelera quando vejo a Rosinha.

— O senhor nasceu em Minas. Lá tinha barbeiro?

— Cidade pequena, moço, só cabelereira. É cidade pequena, sabe?

— Estou falando daquele bichinho... chupança, que dá a doença de Chagas.

— Entendi agora. Também, o Dotô não explica direito! Tinha sim, meu pai teve e minha mãe também foi chupada! Eu não. Já fiz exame. Também ouvi falar do chupa-cabras que pegou algumas galinhas. Tem um ET que desceu aqui perto, o Dotô quer ouvir?

— Não, não, já chega de histórias. Tenho bastante gente para atender. O que é mesmo que o trouxe ao meu consultório?

— Os espirros, que não param.

— Me diga: o que é esse objeto dentro do seu bolso?

— É a caixa de rapé, uai!

48.

MINHOCAS

Esses anelídeos sempre me deixaram curiosos. Só de ter sete corações! Descobri que estão presentes na Terra desde a época dos dinossauros e que passaram pela separação e pelo afastamento dos continentes (Pangeia). Deve ser por isso que quando se corta uma minhoca em dois pedaços ela vira duas!

A minhoca é um ser que não tem cara e vive de 2 a 16 anos. Faz muito cocô; não a brasileira, que é desnutrida e analfabeta funcional, mas a californiana. Ah, isso sim é que é minhoca: sarada e culta, de cor avermelhada pelas praias de Malibu.

A maioria das 26 espécies do Brasil é importada. Existem 8 mil espécies. Como podemos requerer uma vaga no Conselho de Segurança da ONU? Medem de centímetros a dois metros, têm os dois órgãos sexuais, mas copulam com outras como um espaguete, que seria um bacanal de minhocas. Não se sabe quem faz filho em quem. Se unem pelo clitelo; não concordei com esse nome, que puxa para o feminino.

Esses anelídeos, haplotaxidas, servem de comida para os orientais, de iscas para pesca, de farinha. A lenda diz que faziam hambúrgueres. Também o seu cocô (das minhocas), também não gosto desse nome e nem o de guano (cocô de pássaros), os dois cocôs são usados como esterco e fertilizantes pelos hominídeos.

49.

NÃO

— **D**outor, me deixa morrer!
— Não deixo. Espere seu filho chegar para a senhora se despedir dele.
— Não tenho nada que falar para ele...
— Alguma coisa tem para falar, talvez algum assunto financeiro!
— Não tenho nada a falar com aquele desalmado.
— Espere... Espere, só são algumas horas!
— Doutor, não se esquece de pôr o caderninho no meu caixão!
— Que caderninho?
— Meu marido era muito ruim e eu fui escrevendo tudo o que ele me deve nesse caderninho. Não os bens... Quer dizer, tudo que ele fez de ruim.
— Tá, tá, prometo. Eu ponho. Mas quem disse que vai se encontrar com ele?
— Vou na fé de que vou encontrar, e vai ser um quebra-pau!

— Seu filho chegou. Converse com ele, tá bem?
— Está bem!
— O que você está fazendo aqui, seu desalmado? Nunca ligou para sua mãe! Me deixe morrer! Só se interessa pelo dinheiro.
— Doutor, pode aplicar a morfina, por favor...

50.

NINO

Conheci Antonino nos Andes. Descendente de italianos que se fixaram na região e fizeram suas casas ao pé da montanha. Todos da família já se foram. Sobrou Nino, um personagem. Cabelos negros cacheados, olhos negros, largo sorriso e a pele surrada pelo Sol. Como um bom siciliano sem mistura de raças. Esse mesmo Nino nos levou ao alto de uma montanha para ver o nascer do Sol nos Andes. Subimos em seu jipe sem conforto e fomos na escuridão. Nino sempre alegre, cantarolando e sorrindo.

Ao ver o maravilhoso nascer do Sol, Nino nos contou uma história que sabia das montanhas, contada pelos seus avós e bisavós. Disse que os "deuses" estavam reunidos no alto dos Andes e brindavam com vinho a criação deste nosso maravilhoso planeta. Resolveram, então, criar o homem à sua imagem e semelhança. O homem, sempre inteligente e inventivo.

— Aonde iremos esconder a felicidade? — eles perguntaram.

— Escondam no topo do Everest, a mais alta montanha da Terra.

E assim o fizeram, mas o homem conseguiu chegar lá. Novamente, os "deuses" se reuniram; sempre brindando com taças de vinho. Preocupados com a felicidade, indagaram novamente:

— Aonde esconderemos agora!?

Sugeriram o mais profundo dos oceanos, porém um deles disse que o homem era inventivo e muito inteligente e logo a descobririam. Então, resolveram falar com o mais sábio dos "deuses", que vivia em separado. Esse sábio, depois de arguido, pensou, pensou... até que chegou a uma conclusão:

— Escondam dentro do coração de cada pessoa.

E assim foi feito. A felicidade está dentro de cada coração.

Obrigado, Nino.

51.

O CLERO

Desde pequeno estudei em escolas católicas com muitos padres. Uns eram atléticos e praticavam até esportes com seus alunos, mas outros eram obesos mesmo. Havia um obeso, que só ficava sentado num banco, que adquiriu a forma de seu corpo (traseiro). Lembro-me de que tinha uma batina cinza encardida. Ele cheirava rapé como um louco, espirrava e limpava na batina. Ficava uma porquice. Pegava nós, os pequenos, para pedir a bênção e beijar suas mãos imundas! Eu, com nojo, fazia o ato; senão, ele torcia tanto as minhas orelhas que ficavam uma semana vermelhas. Também não era de todo mau, porque nas missas eu só me confessava com ele. Eram sós três pais-nossos e três ave-marias e, pronto, estava livre dos meus pequenos pecados. Os conselhos dele também eram muito bons e pareciam decorados:

— Seja um bom menino com papai e com mamãe. Estude, filho, e sempre reze antes de deitar. Frequente todas as missas aos domingos. São só conselhos bons.

De tanto ficar no colégio, às vezes via o almoço dos padres. Era sempre uma refeição muita lauda e farta, acompanhada por um garrafão de vinho, que ficava sobre a mesa. Pela tarde, todos sumiam. Eu imaginava que estavam dormindo. Também foram os primeiros a ter televisão em cores.

Nesse colégio, praticava-se um esporte que fora introduzido pelos salesianos chamado espiribol. Muita gente nem ouviu falar. Trata-se de um círculo com um mastro no meio e uma bola em forma de pera amarrada a uma corda. Quatro jogadores, dois de cada lado, tentam enrolar a bola ao mastro com socos e tapas. Até hoje é praticado na Europa, onde existem campeonatos da modalidade.

Falei muito de colégio, e não daqueles padres diocesanos indicados pelo bispo para uma paróquia. Alguns dão sorte de cair em paróquias riquíssimas e vivem bem com seu automóvel e plano de saúde, e não lhe faltam convites para almoço e jantar. Sem contar as viagens à terra santa e a Roma junto com os fiéis (a dele é na faixa!). Às vezes, viram monsenhor!

Já os coitados que caem em paróquias pobres não têm tanta sorte, mas todo mundo tem pena de padre, e também almoçam com os fiéis.

52.

O QUE VAI EM CIMA DA CABEÇA NOS IDENTIFICA

Quando vemos fotos de capacetes, identificamos o lado ruim ou o bom. Já pensaram sobre isso? Vejamos: os capacetes nazistas, japoneses, dos romanos antigos ou os mais atuais, do Darth Vader, nos remetem ao mal imediatamente. Agora, se virmos capacetes americanos, dos pracinhas brasileiros, isso já nos remete ao bem. Um chapéu do Charles Chaplin pode até nos fazer abrir um sorriso. Existem outros memoráveis, como o de Indiana Jones. Existe o chapéu-panamá, que não é feito lá e nos leva em pensamento ao patriarca ou às praias, em especial ao Caribe. Pensar que esses chapéus foram usados originalmente pelos trabalhadores do Canal do Panamá...

Lembramos que com o chapéu também havia deflexões de educação. Por exemplo, quando se retirava o chapéu e uma moça passava. A famosa chapelada!

Também há as boinas, os quepes e os bonés. Se for uma boina verde, lembramos de tropas especiais americanas; se for azul, de soldados da ONU. Agora, se virmos uma boina verde com uma estrela vermelha, não temos dúvida: é Che Guevara.

Existem boinas mais sociais, como as que os italianos usavam, e os chapéus de pelos, que identificam soldados ingleses ou irlandeses. Se virmos um chapéu de couro do Nordeste brasileiro, nós nos lembraremos de Lampião ou de Luiz Gonzaga. Existem também os chapéus de imigrantes árabes a quem nós todos chamamos de turcos!

Há os chapéus de pirata, marinha, comandante de aeronave, aeromoça. Além de chapéus mais glamorosos de mulheres, os quais nos remetem à realeza inglesa ou a atrizes de Hollywood.

Dizem que os chapéus surgiram na Pré-História, conforme a teoria evolutiva darwiniana, o que eu duvido, pois nunca vi nenhum chapéu daquela época, mesmo que petrificado. Também tínhamos pelos no corpo todo? Para que o chapéu?

53.

O SUPERMERCADO

Nos dias atuais, deveria ser motivo de estudo sociológico. Na minha época existiam mercearias, onde se compravam arroz, feijão, açúcar e farinha, ou seja: secos. De vez em quando se comprava algum molhado, como refrigerantes, sucos e vinhos. Tudo isso era marcado na caderneta e pago por mês. Na confiança mesmo. Se a vigilância sanitária existisse naqueles dias, nós, as crianças, estaríamos perdidos. Vendiam guloseimas e doces caseiros cuja higiene seria proibida nos dias atuais. Também tomamos muita água de torneira e poço e estamos aqui! Na mercearia vendiam-se coisas a granel; era só abrir o pote. As bananas e laranjas eram por dúzias ou pencas, no caso das bananas. Pão era unitário, e não por quilo, como tudo até hoje. Podia-se também comprar fumo em corda para o avô fazer um cigarro ou mascar. A avó fazia uma solução com fumo que servia para tudo, desde picadas de abelhas até ferimentos. Nós ficávamos com aquele cheiro, mas sarava.

As verduras e frutas eram compradas ainda fresquinhas na feira, e as carnes, de uma carrocinha com o bucheiro que passava na rua. O pão e o leite eram deixados na porta de casa. Também na confiança. E também não havia higiene nessas carrocinhas. O boi não tinha carimbo e havia muitas moscas sobre a carne. Minha mãe e minha avó perguntavam:

— Está fresquinho o bucho?

É claro que sempre estava. Eu pensava: *Oba! Hoje vai ter buchada! Mas só apareço em casa depois de cozida. Não aguento o cheiro do cozimento.*

Minha avó dizia ao bucheiro:

— Semana que vem, traga cérebro que quero fazer *cervello* para meus netos.

Credo!

Sabem como é, quem passou fome nas guerras — como italianos, japoneses, alemães etc. — aproveita tudo!

Nos supermercados atuais tudo é lindo e maravilhoso. A plasticidade vale mais que o sabor. Comemos com os olhos. Não adianta ir ao supermercado com fome ou com crianças. A conta vai ficar astronômica e você vai comprar muitos supérfluos. Chegando em casa, com aquela mesma fome, você vai abrir todos os pacotes e se empanturrar. Aquele produto que está gravado na sua mente em razão da propaganda massiva é o primeiro que vai experimentar. E oferecerá a todos para ver suas opiniões:

— Veja se gostou.

— Acho o de morango melhor que o de chocolate! Pena que acabou!

54.

OS SEM SORTE

Dizem que alguns têm sorte na vida e outros não. Há um velho ditado que diz que cavalo quando passa apeado é só uma vez; tem de montar! Vejamos, nós somos feitos por sorte, coincidência ou competência. Acho que os bilhões de espermatozoides são apenas para fecundar um óvulo. Por vezes é azar mesmo: rompeu o preservativo, não fez as contas certas, esqueceu-se da pílula etc.

Entre tantos ditados, dizem que pão de pobre cai sempre com a manteiga para baixo. Vi uma experiência controlada em que cinquenta por cento caía para cima e cinquenta para baixo. Não usaram o fator pobreza nesse experimento!

O duro é que o significado da sorte é um acontecimento casual que pode ser bom ou mau, o qual não é possível prever ou explicar! Uma casualidade do destino.

Existem coisas que dizem que dão sorte, como o pé de coelho. Isso vem de seiscentos anos antes de Cristo, porque os chineses achavam que os coelhos eram animais reprodutores e davam sorte. Também na Idade Média os coelhos ficavam no colo das pessoas no inverno e as aqueciam, então se considerava que eram animais que davam sorte.

No fundo, tem muita coisa cuja origem ninguém sabe mesmo! Agora vem a parte mais engraçada: a preparação. O coelho deve ser morto no cemitério numa noite de lua cheia, de preferência chuvosa, com bala de prata e de preferência numa sexta-feira 13. Deve ser usada a pata traseira esquerda, que, depois de seca, deve ser amarrada numa fita vermelha. Deve-se levar consigo. Se perder, você morre (risos).

55.

PÂNICO, NEUROVEGETATIVAS, PENSAMENTO ACELERADO

São resultados da adubação, das chuvas, da qualidade das sementes, do clima etc.

Nós também somos resultados de como essas coisas aconteceram em nossa infância. Tivemos colégios repressores, governo militar, e nossa infância foi pautada por desenhos animados "inocentes". Não sabíamos, mas eles eram muito malucos.

Alice no País das Maravilhas... Que beleza, ela toma um chá e faz uma viagem! Os personagens dos desenhos nunca foram casados, como Mickey, Minnie, Pato Donald e Margarida! Os desenhistas que são da nossa geração ainda continuam viajando. O Bob Esponja tem um amigo esquilo no fundo do mar!

Acho que as doenças modernas (e virá mais por aí!) são as da mente. É só um psiquiatra famoso falar que você tem alguma fobia. Põe o nome na frente. Exemplo: tecnofobia (fobia e aversão, nos casos mais leves, à tecnologia). Pronto!

Os laboratórios já colocam nas bulas que o remédio também é eficaz nesses casos.

Tá todo mundo louco. Oba...

56.

PARA CIMA

Sempre em cima
Nunca abaixar os braços
Queixo apontado ao céu

Pode vir o vento
Nada detém o vento
Mas eu o detenho

Que venha a chuva!
Molhará apenas
Depois seca

Que venham o frio e o calor
Tenho força suficiente para suportar
Raios não me atingiram

Sempre em cima
Nunca abaixar os braços
Queixo apontado para o céu.

57.

PASSA RÁPIDO

Conversando com uma idosa:
— Que dia é hoje?
— Hoje é sexta-feira.
— Puxa, já! Como o tempo passa rápido. Ontem era segunda-feira!
— Não passa rápido. Ontem era quinta-feira!
— A vida é curta, meu filho.
— Não é não. Quantos anos tem?
— Noventa, mas continuo achando a vida curta. Convença-me do contrário!
— Faz tempo que a senhora era criança. Se lembra com detalhes da infância, da escola?
— Não lembro muito bem, faz muito tempo mesmo.
— Se lembra também do casamento, do falecido e de mais detalhes?
— Também não lembro bem.
— Lembra-se de que não havia televisão, carros, telefone, sem contar os computadores, as viagens espaciais, a

internet, os celulares etc.? Pois é, a vida não é curta e o tempo não passa rápido!

— Ainda não me convenceu. Diz isso porque eu estou no apagar das luzes e você está brilhando mais que o Sol.

— Ao contrário de outros escritores e poetas, acho que o tempo é suficiente para a vida humana. A sensação de que o tempo passa rápido se dá aos medrosos. Os que lamentam, dizem que a vida é longa; para os festeiros, a vida é curta. Ah, mas para quem ama, o tempo é eterno!

— Ainda não me convenceu!

— Velha rabugenta, boa tarde!

58.

PEDRÃO

Meu avô Pietro, italiano que imigrou para o Brasil, era um homem flex. Dependendo do tipo de bebida que bebia, tinha um gênio. Sempre muito alinhado nos ternos de linhão, chapéu branco, revólver à cinta e carteira falsa de policial que usava para as carteiradas dos bailes e festas. É claro, deixava toda a família em casa. No Carnaval, saía na sexta-feira e não voltava antes da Quarta-Feira de Cinzas. Homem bom, Deus o tenha!

Voltando ao assunto flex, se Pietro tomava vinho era alegre, cantava, dava dinheiro aos filhos para irem ao cinema ou alguma outra diversão. Se fosse pinga, ficava agressivo, fazia proibições aos filhos, entre outras maldades.

Ah, esse Pietro flex inventou de tomar bagaceira com alta octanagem. Deveria ser sacanagem não! Quebrava louças, jogava peru e outros comes na rua, os quais minha avó fazia tão carinhosamente nas datas comemorativas: Natal, ano-bom (não se falava réveillon), aniversários. Essa bagaceira estragava a festa de todos.

Conheço várias pessoas como Pietro, que não sabem beber. Isto é, sabem começar, mas não a hora de parar! Ainda bem que meu avô não conheceu o absinto. Acho que eu não existiria! Rsrs.

Esse era um bom vivente. Sabe que nunca soube qual era a sua profissão?

Certa feita, minha avó se encheu, tomou os seis filhos e abandonou a casa, indo morar com uma irmã distante. Atitude ousada para tal época. Ela sim, foi de opinião.

Pietro flex morreu sozinho e sem família. Fazer o quê!

59.

PESSOA

Descobri só agora: eu sou uma pessoa!
Sou uma pessoa
Mas que pessoa
Ainda não sei muito bem
Quem eu era
Como foram os anos do passado
Estou preso e atormentado no presente
E o passado
Esse não dá para ir
Do presente podemos ir ao futuro
Segundo a segundo, já é futuro
Enquanto escrevo estas linhas já é passado
O presente já se foi...

60.

PONTE

Sempre presente na nossa vida, pode ser uma construção que leva de um lugar a outro, em pontos separados, em cima de um curado d'água! Será? E com essa seca danada! Também faz parte da nossa cabeça. Isso mesmo, nossa cabeça tem ponte, a do mesencéfalo. Também é um tipo de jogo que desconheço. Só jogava dominó de pontinhos, que era matemática e não tinha nada a ver com ponte.

Dizem que o dia em que não se trabalha é ponte. Foi o Aurélio! Então, os desocupados estão com pontes para dar e vender! Pode ser também o lugar de comando de um navio e, mais recentemente, de naves espaciais de ficção científica. Gosto muito daquele apito. E todos em posição de sentido dizendo:

— Capitão chegou à ponte!

Ponte também é um pedaço de aço inox onde se colocam dentes para substituir os que faltam! Como curiosidade: George Washington usava uma ponte de marfim e madeira, com dentes de tubarão. Era só para ricos banguelas!

Aliás, roubaram-na do museu. Por isso aquela boca fechada da cara do dólar e de autorretratos!

Existe a ponte pênsil, que é presa por fios de aço, e a ponte levadiça, que sobe e desce.

Gosto muito da ponte de travessas espaçadas, também chamada mata-burro. Também pode matar vacas, cavalos e outros animais. Até nós mesmos não estamos livres de um entorse ou uma fratura no mata-burro. Tem ponte aérea também! Não é só no Brasil!

Agora, o que falar da ponte de safena, da ponte mamária?

Nem sabia que ponte tinha cabeça. Nos filmes de guerra dizem:

— Vamos tomar a cabeça da ponte!

61.

POR QUE AS COISAS ESTÃO COMO ESTÃO?

Vida. Tudo que vive é vivo. Mas o menos culto fala "nóis não veve". Vírus é vida. Só uma tirinha de DNA ou RNA é vida. Seres que não respiram oxigênio também estão vivos! Fungos e plantas que não têm núcleo em suas células estão vivos. Expiram de dia e inspiram à noite. Pode?... Seu sangue é a clorofila, isto é, verde. Os peixes e alguns répteis retiram oxigênio dissolvido na água. Alguns têm que tomar Sol para manter a temperatura corpórea. Existem também coisas que se viram com o enxofre para viver, e não estou falando do Coisa Ruim! São algas. Nas profundezas dos oceanos também há vida. Tem cada bicho *esquisito*!

Nós que somos mamíferos, e isto quer dizer que tomamos leite: de cabra, de soja, de camelo, de vaca, de lata e, por último, da mãe. Os outros mamíferos não têm muita opção. Apesar de que vi uma foto de um macaco mamando numa índia! Nunca um elefante ou hipopótamo!

62.

PRAÇA PÚBLICA
(HOMENAGEM A ÉRICO VERÍSSIMO)

O espaço da praça pública em toda a América Latina sempre foi, desde a época da colonização, um lugar para se dar voz contra e a favor dos corruptos. Numa lembrança que tive muito atual de um livro que li na adolescência, *Incidente em Antares*, de Érico Veríssimo, produzido na década de 1930 e só editado nos anos de 1970, pensei: *Mas que livro atual!*

Na história, a cidade entrou em greve, inclusive os coveiros. Sete caixões foram abandonados na porta do cemitério e os mortos, revoltados, foram ao coreto em praça pública para dizer o que sabiam. O advogado corrupto, mesmo depois de morto, fez sua delação premiada. Embora não tenha tido vantagens! Acusou várias pessoas de enriquecimento ilícito e denunciou também a tortura e a morte de um ativista político com um belo nome: João Paz. A prostituta morta fez acusações seriíssimas de quem eram seus clientes. Tudo isso confirmado por conversas ouvidas na sapataria do Barcelona (também morto). Naquela época, grampo era só para cabelos. O outro morto,

Pudim de Cachaça, foi assassinado pela mulher, que cansou de apanhar. Também não havia Lei Maria da Penha nem delegacia da mulher.

Com todas essas acusações dos mortos, a cidade virou um rebuliço. Resolveram encerrar a greve e enterrar os mortos. As autoridades, depois de investigações sem provas, resolveram dizer que não sabiam de nada e que tudo não passava de boatos.

Voltou tudo à normalidade política e administrativa. Frases como "morreu com os seus segredos", "queima de arquivo", "ah, se os mortos falassem" são absolutamente corretas.

Viva Érico Veríssimo!

63.

PRESENTES

Manifestação espontânea de dar alguma coisa para pessoa a quem você quer bem, e vice-versa. Espero!

Os gregos mudaram um pouco o sentido da palavra, assim como nossos entes queridos. Vejamos: antigamente os pais e filhos se presenteavam mutuamente com toda sensibilidade que lhes eram peculiares. No Dia das Mães, aniversário da mãe e outras datas davam jogo de panelas, panela de pressão, tigelas, frigideira, aparelho de jantar ou um presente mais caro, quem sabe um liquidificador. No Dia dos Pais e outras datas masculinas, a sensibilidade era a mesma, como se fosse uma revanche! Martelo, alicate, bomba de encher pneus, jogo de ferramentas. Ah, os mais caros, como furadeira elétrica e serra tico-tico.

Hoje, época em que a informática performática tornou os pais e filhos cibernéticos, quem pode dá esses presentes. Existem também outras sugestões, como flores, chocolates, joias, semijoias, viagens, perfumes, roupas etc.

Mas o melhor presente, para mim, é um abraço caloroso. Se for com um "eu te amo", então! Vou às lágrimas.

64.

PROFESSOR DA VIDA

Quem vê o tempo passar não se importa com a vida. Não a vê passar! Não usa o tempo a seu favor. Não usa a vida; vive!

A vida então seria professora do tempo e este, seu aluno mais cordato.

A vida ensina e dá regras a seu tempo, que, às vezes, aprende ou não.

Professora exemplar, a vida. Só não aprende quem não quiser...

O professor sempre fica e a vida passa.

65.

PROFISSÃO

Quando eu era criança, meu pai falou:
— Filho, quando crescer faça oficina.
Entendi "medicina".
Ele tinha alguns argumentos, pois era um ramo promissor em desenvolvimento! Estava ele até certo, pois existem agora oficinas luxuosas de carros importados, e o melhor: ainda não trabalham de sábado e domingo!
Fui teimoso. Estudei, fiz cursinho, enfrentava noventa candidatos por vaga! Meu Deus, e a espera dos jornais com a lista de aprovados. A ansiedade transformava-se em decepção! Por vezes em esperança, já que estava na lista de espera. Passei finalmente! Primeiro ato: pôr fogo nos livros do cursinho, matrícula e depois o trote. Uma semana de sofrimento. Andava com uma ferradura pendurada no pescoço e de *baby doll*. Uma vez me pintaram de verde e me apelidaram de Hulk! Foi muito ruim, mas agora dou risada.
A primeira aula era trote e os alunos mais velhos se divertiam. Eu tentava anotar tudo em um caderno e pensava:

Nossa, como é difícil essa faculdade! Após se divertirem bastante, fazendo os calouros pegarem ossos do corpo humano e descobrirem de que parte do corpo eram, passaram uma prova. Pensei: *Estou ferrado! Não vou terminar o curso!*

Os anos se passaram e terminei o curso. Aí vieram a residência, os plantões, os sábados, domingos e feriados... Nunca mais soube o que são o Natal e o réveillon. Meu filho cresceu e eu não vi.

Talvez meu pai estivesse certo.

66.

QUERIDAS

Duas amigas já de certa idade se encontram no shopping e o diálogo foi o seguinte:
— Você não é a Marcia?
— Sou sim.
— Não se lembra de mim? Sou a Mara, irmã do Sandro!
— Meu Deus, quantos anos! Estudamos juntas, não foi?!
— Foi sim! Que pele bonita que você está!
— Você também está linda. Não mudou nada!
— Mudei sim, mudei para Osasco!

67.

ROBERTO, O DENTISTA

Roberto sempre foi um rapaz de classe média baixa. Sempre se esforçou nos fracos estudos administrados na escola pública. Formou-se e conseguiu uma vaga na Faculdade de Odontologia, também pública, por meio de notas e bolsas advindas de programas governamentais.

Foi um sacrifício essa faculdade. Dificuldade em comprar livros, dificuldade em adquirir materiais de estudo etc. Tinha que ir e vir de ônibus. A faculdade era em período integral, sobrando pouco tempo à noite para os estudos ou para fazer algum bico. Fez alguns bicos como garçom à noite, quando dava, e nos fins de semana. Pelo menos daria para a xerox!

O tempo foi passando... Chegou o último ano da faculdade! O professor pediu que fizesse um trabalho final de conclusão de curso, o famoso TCC, e disse:

— Esse trabalho de conclusão de curso será feito em duplas, e eu escolherei os pares. Além disso, ele deverá ser entregue daqui a dois meses na minha aula, quarta-feira, às oito horas da manhã. Não será sete e cinquenta e cinco nem oito e cinco. Não aceitarei! Vou escolher os pares. Chegou a vez de Roberto. Você fará o TCC com Eduardo, certo?

Roberto caiu com o aluno mais boa-vida e despreocupado da classe. Procurou Eduardo, que nem deu bola, e pensou: *Vou ter de fazer esse trabalho sozinho mesmo!* Então, pegou o tema proposto e debruçou-se sobre os livros na biblioteca. Muitos estudos e pesquisas e enfim conseguiu concluir seu TCC no prazo. Que alívio!

Chegou a quarta-feira, dia de entrega do TCC, e estava ansioso. Às sete e quarenta quis entregar! O professor deu uma olhada e falou:

— Eu não disse que o trabalho era em dupla? Onde está a assinatura de Eduardo? São quase oito horas e você tem até as oito para seu colega assinar!

Roberto pegou o TCC das mãos do professor e saiu correndo, desesperado pela faculdade, à procura de Eduardo; afinal, era o esforço de uma vida.

Conseguiu achar finalmente Eduardo, que estava jogando pingue-pongue com a namorada no Diretório Acadêmico. Eduardo assinou e continuou a jogar. Roberto, então, correu em desespero e finalmente conseguiu entregar seu trabalho às oito horas. Ufa... Pensou: *Ao menos serei um grande profissional!*

Formaram-se.

Passados vinte anos, Dr. Roberto agora estava casado e com duas filhas. Casa de aluguel ajudava financeiramente também a família. Para isso, mantinha dois empregos públicos em prefeituras que ficavam distantes trinta quilômetros. Trabalhava muito.

Depois desses anos todos, certo dia, encontrou Eduardo na rua. Após se cumprimentarem, Roberto pensou: *Esse cara não deve ter dado em nada. Pelo menos eu estudei, venci e sou um bom profissional!*

Dr. Roberto perguntou a Eduardo:

— Como anda a Odontologia?

— Rapaz, sabe que me formei e nunca cheguei a exercer? Nem meu diploma fui buscar. Logo me casei e fui cuidar da fazenda de bois e do haras do meu sogro, que faleceu não muito tempo depois. E você, está feliz e rico com a Odontologia, né?

Dr. Roberto respondeu:

— Estou sim. Até logo...

68.

RODÍZIO

Existiam antigamente como rodízio de cortinas. Do latim, rodízio quer dizer "em forma de roda", assim como peça de artilharia, haste de madeira que se prende a uma roda de água, repetição de algo em rotação, jogo de rapazes, andar numa roda-viva (não sei o que é isso).

Hoje há rodízio de carros e de comidas. Se o rodízio for barato, o povo não quer ir ao rodízio para comer, mas para "quebrar" o estabelecimento. Sigamos o exemplo de um rodízio de comida japonesa, em que uma turma de amigos se reúne. Enquanto suas namoradas só ficam fazendo selfies dos barquinhos de sushis, os homens comem como loucos:

— Tire o arroz e jogue fora, é barato, e só coma o salmão.

— Atum, vamos quebrar o restaurante!

— Nem almoçamos hoje para vir aqui! E assim vai até terminar.

Na hora da sobremesa a namorada diz:

— Pensei em pedir um petit gâteau, amor.

Ele olha no cardápio e vê a sobremesa ao custo de R$ 35,00 e o rodízio, R$ 19,90. Então diz para a namorada:

— Mina, trouxe você aqui para comer peixe, e não sobremesa!

Olhem que não falei sobre os outros rodízios! Conheço uma pessoa que pesa cento e sessenta quilos e vai regularmente ao rodízio de carnes. Nunca pensou em emagrecer; se diz um gordo saudável. Até quando? Só citei essa pessoa por uma particularidade. Após muita comilança e cerveja, terminado o rodízio, esse senhor tinha um jeito especial de pedir a conta:

— Garçom, por favor, traga uma cerveja bem gelada, um café e uma porção de picanha para sobremesa.

Pior que ele sempre foi assim!

69.

SAUDADE

Já se escreveu tanto sobre o assunto. Foi colocado em músicas, versos e prosas. Não se refere apenas a amores perdidos como também àqueles que já se foram. Pode ser de lugares; animais e coisas inanimadas; do tempo também. Uma menininha com câncer aos onze anos, quando perguntada pelo médico sobre o que é saudade, respondeu:

— Saudade é o amor que fica!

E a melhor definição que já ouvi:

Ah, esse sim, o tempo! É o mestre das saudades.

Dizem que só ele nos faz esquecer! Pessoas perdem e a perda faz parte da vida. Há aquela saudade gostosa salutar, do bem mesmo, que por vezes arranca até um sorriso de nossos lábios.

Aquela ruim é ligada ao remorso. É um dos piores sentimentos que conheço e, na maioria das vezes, para o resto da vida. O remorso é como aquelas máquinas antigas de fotografia: se as fotos não ficassem boas ao serem reveladas, não tinha como voltar atrás!

O remorso vem da palavra remoer. Dilacerar...
Prefiro o sorriso das saudades e o lindo fado "O que é que eu digo à Saudade?".

70.

SENTIDOS

O termo é um pouco estranho e deriva do latim *sapio*. Como assimilar o que queremos.
Refere-se ao corpo, à linguagem e ao pensamento. Passa do corpo diretamente para a mente com tanta facilidade, e depois daí, é de cada um. Só ele sabe se é bom ou ruim. O que é bom para um pode ser ruim para o outro. Os odores, sons, saborear, afagos, carinhos e tatos, entre tantos outros vão para dentro das cacholas e muitas vezes são guardados durante muitos e muitos anos.
É o mundo da sensibilidade. Quando apertamos a mão de alguém, o que sentimos? Já em 1945 Merleau-Ponty perguntava:
— Sentimos a mão do outro ou a sensação de contato com a dele?
Acho que não importa! Pode ser os dois, né?
Os sentidos carregam uma carga afetiva emocional que pode ser boa ou ruim. Quando sentimos odores de um bolo assando, podemos nos remeter à infância. Esse bolo vindo

da mão de nossa avó, então! Isso acontece com todos os outros sentidos: perfumes, sons, sabores etc. Como escreveu Fernando Pessoa: "pensar com os olhos, ouvidos, mãos e pés, nariz e boca. Pensar uma flor é cheirá-la; comer um fruto é descobrir seu sentido".

O tempo passa e os sentidos vão se apagando.

Será a velhice o tempo da perda incontrolável e insustentável?

71.

SOGRA

Há tanta coisa ruim sobre sogra. Por que será? Desde a Antiguidade até Afrodite. A linda Deusa do Amor, 300 anos antes de Cristo, foi uma sogra má. Enciumada de que seu filho Eros se casasse com a linda mortal Psique! Isso na mitologia grega.

Essas histórias foram passando de geração em geração. Acham que quando a mulher é sogra ela não tem mais nada que fazer a não ser incomodar! As noras e os genros, que fique claro.

Surgiram várias piadas. O docinho olho de sogra era originalmente chamado olho de cobra. Também tem a língua de sogra do Carnaval! Há aquelas piadas que dizem que sogra é como cerveja: só é boa gelada e em cima da mesa. Outras dizem que sogra é como porco: só tem valor depois de morta!

Essa introdução besta se deve a uma história real. Uma pessoa foi ao médico e disse que sua sogra viria visitar, e estava vindo de um lugar endêmico de dengue. Então arguiu ao médico:

— Se um pernilongo picar minha sogra e me picar, pegarei dengue?

O médico respondeu:

— É mais fácil ganhar na Mega-Sena, e nesse caso não será dengue. Necessitará ser tratada com soro antiofídico, que é soro para picada de cobra!

72.

TEMPO

Que ano!
Quantos anos?
Mas que dia!
Quantos dias?
Que horas!
São quantas, as horas?
Ora, que minuto!
Quantos minutos?
Os segundos...
Serão quantos?
Quanto tempo!
Tempo não, só saudade!

73.

TERMINAR

Essa história começa no século passado, no princípio da década de 1970. Em uma cidadezinha pequenina do Rio Grande do Sul, fronteira com o Uruguai. Lá onde o Judas perdeu as botas e o vento faz curva mesmo. Nesse ermo só havia uma rua, e todas as pessoas se conheciam pelo nome. O pão era feito em casa e repartido entre os moradores. Isso acontecia com tudo, e como os mosqueteiros diziam: todos por um.

Lá nasceu o amor de dois jovens desde a adolescência: Luana e Diogo. Ele era dois anos mais velho que ela; já completara dezoito. Nessa cidade não havia obrigação militar nem o Tiro de Guerra. Viviam juntos sempre que possível. O namoro era limitado pelos pais até as vinte e uma horas.

Diogo havia completado somente os estudos fundamentais e não havia mais alternativas na cidade. Trabalharia na labuta do campo como seus pais. Diogo estava perdidamente apaixonado por Luana e faltavam-lhe dois anos para completar seus estudos; ela tinha apenas dezesseis. Trocavam juras de amor. Extremamente apaixonados.

Querendo se casar com Luana e dar uma vida melhor para ela, Diogo conversa com seus pais e diz que se mudaria para o Rio de Janeiro, onde terminaria os estudos e depois viria buscar a moça, assim que estivesse estabilizado.

Assim se fez. A despedida da família e de Luana foi muito triste e emotiva, quando Diogo subiu para o ônibus.

Nessa época, não havia telefones e Diogo prometera àquela linda loirinha de olhos verdes que, quando arrumasse um lugar para ficar, mandaria uma carta. Passaram-se trinta longos dias até que chegou uma carta de Diogo para Luana. Ele arrumara uma pensão para morar e estava à procura de trabalho porque tinha parcos fundos. Naquele mesmo dia, Luana dormiu com a carta embaixo de seu travesseiro. Sentia-se muito feliz. Na manhã seguinte, arrumou papel de carta. Tendo o endereço, postou uma para o amado, não sem antes colocar umas gotinhas de perfume.

Diogo recebeu a carta de Luana e não ficou menos alegre que ela. Guardava-a como uma joia. Aqueles dias de Rio de Janeiro eram difíceis não só pelo calor, mas também pela cidade grande, com todos os comemorativos da malandragem. Nunca tinha visto bares, bebidas alcoólicas, pessoas desnudas na praia e prostitutas na noite. Vinha de uma cidade pequena calma e fria. Mesmo assim, arrumara um emprego de garçom à noite e estava estudando Contabilidade durante o dia.

As cartas para Luana passaram a ser semanais. Contava seu progresso na vida e ela vibrava, dizendo-lhe que estava indo bem nos estudos e logo estariam juntos, casados no Rio de Janeiro.

Depois de um ano houve um progresso na cidade. Instalaram um telefone público, um orelhão!

Luana escreveu de imediato uma carta a Diogo informando a novidade e passou o número do telefone para poder falar com ele. Estava radiante em poder falar com o amado. Teria de ser com hora marcada.

Como a carta demoraria a chegar ao Rio de Janeiro, Luana especificou um horário para dali a quinze dias, a fim de que Diogo ligasse. Seria às vinte horas do dia determinado.

Diogo recebeu a carta de Luana perfumada como sempre. Faltava para chegar o dia e a hora marcados. Estava feliz por poder ouvir a voz da amada.

No dia determinado, Luana pôs-se a se arrumar! Para falar com o amado, passou perfume e chegou uma hora antes, prostrando-se diante do orelhão. No Rio de Janeiro, Diogo, não menos ansioso, pedira ao seu chefe para dar uma saída pequena do restaurante a fim de dar um telefonema. Como ele era um funcionário exemplar, nunca faltava e não pedia nada, o chefe consentiu.

Munido de várias fichas telefônicas que havia comprado no dia anterior, Diogo foi às vinte horas ligar para Luana. Com o número do telefone escrito na mão, pôs uma ficha e discou. Logo ouviu uma mensagem eletrônica: "Para esta ligação são necessárias três fichas". Colocou mais duas e começou a ouvir o som característico de chamando.

Luana correu do banco em que estava sentada na praça ao orelhão gritando:

— É Diogo! É Diogo!

Atendeu ao telefone. Era novidade para ela também.
— Alô? Alô, Diogo?
No Rio de Janeiro, Diogo ouvia mal a ligação.
— Luana, meu amor, que saudade! Logo irei até aí para nos casarmos e te trazer comigo. Estou fazendo progressos aqui no Rio de Janeiro.
— Também estou com saudade, meu amor — Luana respondeu.
— Olha, amor, ligarei às terças, às quintas e aos domingos nesse mesmo horário. Espere. Beijo. Te amo.
Plim. Caiu a ligação, mas Luana ouviu o que Diogo disse. A ligação durou três minutos.
No dia seguinte, na escola, Luana contou às amigas que falou ao telefone com Diogo no Rio de Janeiro. Ela estava radiante e todas, curiosas:
— Mas é muito longe. Como é a ligação?
— É perfeita e clara como se estivéssemos frente a frente. — Luana exagerou. — Diogo disse que está ganhando bem e fazendo Contabilidade, e logo vai voltar para nos casarmos. Mudaremos para o Rio de Janeiro.
— Vocês se falaram por muito tempo? — interrogou uma delas.
— Falamos por meia hora e ele disse que vai me ligar às terças, às quintas e aos domingos no mesmo horário. Não preciso mais me ater às cartinhas.
— Mas que coisa esse tal de telefone! Aonde iremos parar? — uma de suas amigas disse.
Os dias iam passando e Diogo cumpria com a palavra: toda terça, quinta e domingo ligava para Luana em Dom Pedrito. Luana, por sua vez, mantinha seu ritual de ir até o orelhão.

Passou um mês e em um domingo qualquer Diogo não ligou. Luana estava lá e pensou: *Deve ter acontecido alguma coisa. Vou esperar.*

Na terça-feira, Diogo ligou e disse que começou a trabalhar aos domingos e não poderia ligar mais nesse dia.

Continuavam a se falar sempre nos mesmos dias até que poucos meses depois Diogo parou de ligar às quintas-feiras com a mesma desculpa anterior.

Falavam-se agora às terças-feiras e continuavam com as juras e contando rapidamente como fora a semana de cada um. Luana ainda alimentava sua paixão adolescente.

Passaram-se mais uns dois meses e Diogo parou de ligar. Nem preciso dizer como ficou Luana!

Passaram-se vinte anos...

Diogo, casado com outra, no cotidiano da Contabilidade e com dois filhos, estava em casa no Rio de Janeiro. Naquele dia, recebeu um telefonema.

— Alô, Diogo?

— Sim, é ele. Quem fala?

— Aqui é Luana!

— Que Luana? Não a conheço!

— De Dom Pedrito, lembra? Namorávamos... Estou aqui no Rio de Janeiro e queria encontrá-lo.

— Ah, sim! — Diogo se lembrou daquela loirinha linda de olhos verdes e falou: — Marque um lugar.

Marcaram um lugar e Diogo pensou: *Como estará Luana? Deve continuar linda. No mínimo vai rolar um beijo ou algo mais!*

No dia e na hora marcados do encontro estavam lá os dois frente a frente. O diálogo que se seguiu foi o seguinte:

— Oi, Luana, como vai? Nossa, como está bonita!
— Diogo, eu vim aqui para terminar nosso namoro! — ela disse.

74.

TIME DE FUTEBOL

Pensei em montar um time e fazer a pré-temporada num desses hotéis fazenda. Para começar, o goleiro. Esse tem que ser inimigo do time todo, principalmente dos zagueiros, a quem não deve economizar nas palavras de baixo calão. Teve tantos goleiros maus na história e de que ninguém gostava. Quando levavam um frango, a zaga até falava baixinho:

— Bem feito!

A zaga, desde o início, tem que ser composta de amigos. Coloque-os no mesmo quarto. Isso vai criar laços de amizade e troca de confidências em razão do confinamento. Não vamos falar nem em namoro ou casamento dos zagueiros.

Os laterais bons, esses são laterais. Um deve ser canhoto e o outro, destro. Devem ter vigor físico para correr muito.

O meio de campo deve ter aquele cara que passa a bola direito! (Será que alguns a passam errado?)

Os atacantes devem visar ao gol e o centroavante não pode ser o cara que ganha muito, pega as melhores mulheres, chega a hora que quer. Ninguém vai passar a bola para ele!

O melhor emprego do futebol é o de terceiro goleiro. Nunca vai jogar. O goleiro principal chega a jogar de dez a quinze anos. Depois, tem o segundo goleiro também! Nunca vai jogar mesmo. Treina sozinho e também não viaja. Recebe os salários direitinhos; às vezes...

75.

VIAJE NA VIAGEM

Quem viaja vai a algum lugar, certo? Errado. Nem sempre. Para começar, nunca entendi direito o jeito dessas palavras. Uma com "g"; a outra com "j". São esquisitas mesmo, mas uma é verbo e a outra, substantivo!

O verbo viajar é objetivo indireto. Quem viaja vai a algum lugar! Também não é bem assim.

Tem a viagem da *Cannabis*. Bem, mas esse é substantivo! Tem: "Você viajou", isto é, está com ideias malucas; está doidão mesmo e não foi a lugar nenhum!

Ah, e o viajando na maionese! Também não foi a lugar algum e no máximo se lambuzou! Essa expressão, inventada por sei lá quem no Rio de Janeiro, dizia que as maioneses estariam contaminadas por drogas (assim como "maconha da lata" e "escorregando no quiabo").

Bem, voltemos à viagem. Existem pessoas que viajam na melodia, isto é, escutar uma música a leva a outros lugares. Não foram também a lugar algum!

Senhores passageiros, aproveitem a sua viagem! Seja lá qual for!

76.

VIÚVAS ENLOUQUECIDAS

Minha mãe recebera a notícia do falecimento de um tio muito velhinho fora da cidade.

Foi ao velório sozinha. Naqueles dias, duravam intermináveis horas e o defunto era enterrado no dia seguinte. Talvez uma forma de os parentes virem de lugares longínquos.

Hoje, já se enterra no mesmo dia. Ou, se for fazer velório, posiciona-se o caixão embaixo de uma web câmera, pois fecham às 22 horas. Tem que ficar velando on-line no computador, porque todo mundo é assaltado nos velórios.

Minha mãe chegou ao velório e cumprimentou os parentes presentes. A maioria, de muita idade mesmo.

Já repararam que a pessoa quando morre é boa? Não tem ninguém que fala mal.

Havia muitas viúvas chorando, já que os homens morrem antes. Para saber isso, é só ir ao cemitério no Dia dos Mortos. Só tem velhinha com vasos de flor.

Continuando, minha mãe estava lá e se comoveu com as velhinhas inconsoladas. Levava na bolsa uma cartela de

Dienpax de que fazia uso contínuo. Resolveu acalmá-las e fez farta distribuição desse medicamento, que, sei, pode ter efeitos contrários nos velhos.

Assim aconteceu. As velhinhas começaram a rir sem parar e a contar piadas de português.

O engraçado é que o defunto era português!

77.

VIVEMOS ARTISTAS

Vivemos porque somos artistas. Desde os primórdios, começamos a retratar em cavernas cenas do cotidiano, as cores, os animais. Depois, surgiram os sons guturais e, para a comunicação, as palavras. Tentamos imitar sons de outros animais com o surgimento dos primórdios da música. Para paus, sopros e cordas foi um pulo. O mais importante e fantástico é que formamos milhões, talvez bilhões, de artistas, cada um com sua arte. Alguns nem sabem que a possuem.

Ainda dá tempo. Lembrem-se dos hominídeos!

78.

VOVÓ

Todo mundo que tem avó ou teve avó se lembra com carinho dela. É uma pessoa que não deveria perecer, uma vez que já faz parte do céu aqui na Terra.

Lembro-me bem de que me ensinou a amarrar os sapatos, comer devidamente com os talheres, tomar banho corretamente, bem como conselhos e rezas. Não faltaram os tapinhas nas mãos e o pau de macarrão. Eu dizia sempre:

— Doeu, viu, vó?

— É para doer mesmo! — ela respondia.

Não levo mágoas, só saudade da avó materna. Se apanhei, foi porque mereci!

Quanto à avó paterna, nem me fale! Que exemplo de pessoa e educação. Falava baixinho e dava seus conselhos, recados e puxões de orelha sem alterar a voz.

As duas cozinhavam como ninguém. Tive a sorte de experimentar a culinária italiana e a portuguesa na infância.

Já não há mais avós como antigamente. O pior é que nem os netos são como os de antigamente!

79.

SONHO

Tive um sonho. Não como o do pastor Martin Luther King, mas bem que poderia ser o dele. Sonhei com a minha própria morte, e fora de modo acidental. Os minutos que a antecederam e sobre ela propriamente dita. Naquele instante, a vida toda passou pela minha cabeça. Eram instantes como um filme, porém que não deveriam ser relembrados. Alguns nem lembrava; e outros, me envergonhei. Não queria rever, mas se isso teria sido o balanço para São Pedro, está bem. Vamos ver na marra mesmo!

Como eu disse, tive um sonho e ele seguiu com as pessoas à volta do meu caixão. Acordei pela manhã pensativo e macambúzio.

Fui procurar o significado no livro dos sonhos, mas não que eu acredite muito nisso; então, me consolou. Nesse livro dizia que isso significava coisas boas, não a morte física, e sim a de uma vida que progride com o surgimento de uma nova, repleta de alegrias e de oportunidades.

De qualquer maneira eu tive um sonho!

80.

JOGOS

Quando pequeno, aprendi a jogar baralho, que nada mais eram que figuras de papelão com desenhos de animais pintados. Divertia-nos por horas, e até adultos participavam. Eu terminava sempre com o mico! Então aprendi o jogo do rouba-monte, que deve ter sido inventado por algum ladrão. Ganhava quem ficava com todas as cartas! Aprendi o jogo da paciência; que chatice; mas mitiga a solidão de um solitário.

Passei para o jogo de buraco, que não existe como na sinuca! Aquele jogo com dois baralhos e duas duplas formando combinações, canastras sujas ou limpas e seguidinhas. Tudo combinado antes do jogo. Tem o coringa também que serve para tudo. Nesse jogo há o morto! Você o pega e fica vivo no jogo podendo até ganhar.

Tem o dominó, que é bem simples de se jogar: combina-se os números e, quando você termina antes com as pedras, você ganha. As damas também é divertido e os prefeitos adoram espalhar tabuleiros de concreto nas praças para a "velharada" se divertir. Esqueceram que eles não votam mais!

Na adolescência, aprendi com os italianos um jogo muito instrutivo e que contribui muito com a educação das pessoas: o truco. Aprendi a mentir, a enganar, a roubar, a blefar, a xingar, a gritar e a chamar outros de marreco ou patos.

Quanto ao xadrez, aprendi com um tio russo que não tinha com quem jogar, então "vai tu mesmo"! Esse sim era um jogo de inteligência. Já gamão, nunca entendi!

Já o banco imobiliário, era legal, pois tinha dinheiro de mentira e imóveis para comprar. Quantas vezes comprei o Leblon e o Ipanema. Você fica com Niterói!

81.

MEDO

Depois que passei dos quarenta anos, passou aquele medo da morte que eu tinha. Naquela época, pensei que já havia feito tudo em minha vida: graduação, pós-graduação, título de especialista. Pensei: *o que vou fazer agora? E se eu morrer? Como ficam os outros? Não me preparei para isso; aliás, ninguém se preparou!*

Quer saber? Que se dane! Já morri tantas vezes a mais ou a menos: não faz diferença! Uma senhora estava lixando as unhas e morri de aflição e arrepio. Estava vendo as notícias e morri de medo e pavor. Durante um trabalho longo em que não pude parar, morri de fome e de sede. Também com as mudanças no clima, que deixam todo mundo louco, já morri de frio e de calor. Uma vez um amigo disse que iria me dar um presente de aniversário, e eu morri de curiosidade. Estou para tirar férias e morrendo de ansiedade. Tenho vontade de rever velhos amigos, morro de saudades. Já morri de tédio também.

Também teve uma moça por quem morri de amores!

Percebi que todo mundo está morrendo de alguma coisa! Vidas poderiam ser salvas com: um leitinho quente, um café, um agasalho, uma água gelada, um ar-condicionado ou mesmo um beijo, mas, tem que ser aquele beijo salvador.

Percebem como é em Portugal: estou a morrer!

Para finalizar todas essas mortes, a melhor delas envolve o choro também: morri de tanto rir que até chorei.

FONTE: Warnock Pro
IMPRESSÃO: Grass

#Novo Século nas redes sociais